我臆，伊走去佚佗仝時陣，
一定是说一陣候鳥走仝。

Je crois qu'il profita, pour son évasion,
d'une migration d'oiseaux sauvages.

安托尼・德聖埃克須佩里
ANTOINE DE SAINT-EXUPÉRY

小王子
Le Petit Prince

包含法文原文以及作者所畫个圖
avec le texte original en français et les dessins de l'auteur

臺法對照

劉麗玲　臺文翻譯
車菲力　法文校對

獻恆 Léon Werth

　我敢請小朋友原諒我，將呰本冊獻恆一個大人。我有一個真充分个理由：因為呰個大人是我徛世界上上好个朋友。我也有一個理由：呰個大人會當瞭解敢寫恆囝仔看个冊。我个第三個理由是呰個大人即馬蹛徛法國，伊又佫枵又佫寒，伊誠需要安慰。如果，遮个理由攏無夠，那安爾，我著將呰本冊獻恆呰個大人做囝仔時陣个伊。所有个大人一開始攏是囝仔。（唔佫真少大人會記呰件戴誌。）所以，我要敢將獻詞改做安爾：

獻恆囝仔時代个 Léon Werth

À Léon Werth

　Je demande pardon aux enfants d'avoir dédié ce livre à une grande personne. J'ai une excuse sérieuse : cette grande personne est le meilleur ami que j'ai au monde. J'ai une autre excuse : cette grande personne peut tout comprendre, même les livres pour enfants. J'ai une troisième excuse : cette grande personne habite la France où elle a faim et froid. Elle a bien besoin d'être consolée. Si toutes ces excuses ne suffisent pas, je veux bien dédier ce livre à l'enfant qu'a été autrefois cette grande personne. Toutes les grandes personnes ont d'abord été des enfants. (Mais peu d'entre elles s'en souviennent.) Je corrige donc ma dédicace :

À Léon Werth
quand il était petit garçon

第一章　I

　　我六歲个時陣，有一擺徛一本講原始森林，叫做《古早故事》个冊，看著一幅真奇妙个圖，伊畫一隻蟒蛇吞一隻猛獸。恁看這都是邔幅圖个複製圖。

　　邔本冊講：「蟒蛇會將獵物歸隻吞落去，無哺。然後，個無法度佫振動，徛消化期間個會睏六個月。」

　　我咧看邔本冊个時陣，著一直咧想徛熱帶叢林个冒險，而且輪著我，我用一枝彩色鉛筆畫出我个頭一幅圖。我个第一號圖，伊著親像安爾：

Lorsque j'avais six ans j'ai vu, une fois, une magnifique image dans un livre sur la forêt vierge qui s'appelait « Histoires Vécues ». Ça représentait un serpent boa qui avalait un fauve. Voilà la copie du dessin.

On disait dans le livre : « Les serpents boas avalent leur proie tout entière, sans la mâcher. Ensuite ils ne peuvent plus bouger et ils dorment pendant les six mois de leur digestion. »

J'ai alors beaucoup réfléchi sur les aventures de la jungle et, à mon tour, j'ai réussi, avec un crayon de couleur, à tracer mon premier dessin. Mon dessin numéro 1. Il était comme ça :

　　我將家己个重要作品捀恆大人看，我問個我个圖是不是恆個足驚。

　　大人回答講：「為啥麼一頂帽仔會恆人驚呢？」

　　我个圖唔是畫一頂帽仔，是一隻蟒蛇咧消化一隻象。所以，我著將邻隻蟒蛇个內部畫出來，為著要卜恆大人會當瞭解，大人一直攏需要解釋。我个第二號圖著親像安爾：

J'ai montré mon chef-d'œuvre aux grandes personnes et je leur ai demandé si mon dessin leur faisait peur.

Elles m'ont répondu : « Pourquoi un chapeau ferait-il peur ? »

Mon dessin ne représentait pas un chapeau. Il représentait un serpent boa qui digérait un éléphant. J'ai alors dessiné l'intérieur du serpent boa, afin que les grandes personnes puissent comprendre. Elles ont toujours besoin d'explications. Mon dessin numéro 2 était comme ça :

大人建議我將遮个無論是拍開抑是合起來个蟒蛇圖园徛邊仔，講我應該先關心地理、歷史、算術佮文法。都是因為安爾，我徛六歲个時陣，著放棄做一個畫家个美好生涯。我个頭一幅佮第二幅圖个失敗，使我真餒志。大人攏無法度家己瞭解戴誌，必須愛一直、一直佮個解釋，對囝仔來講，這足悐个。

後來我選擇另外一種行業，我去學駛飛龍機(註1)。全世界我四界去，確實，地理對我幫助真大。我只要看一眼，著知影还是中國抑是亞利桑那，如果伯徛暗時揣無路，這著真有路用。

徛我个人生當中，我有真濟經驗佮真濟足正經个人接觸，我徛一寡大人个茨生活足久，我會使看大人看佮真倚，姆佫，這並無改善我對大人个感想。

Les grandes personnes m'ont conseillé de laisser de côté les dessins de serpents boas ouverts ou fermés, et de m'intéresser plutôt à la géographie, à l'histoire, au calcul et à la grammaire. C'est ainsi que j'ai abandonné, à l'âge de six ans, une magnifique carrière de peintre. J'avais été découragé par l'insuccès de mon dessin numéro 1 et de mon dessin numéro 2. Les grandes personnes ne comprennent jamais rien toutes seules, et c'est fatigant, pour les enfants, de toujours et toujours leur donner des explications.

J'ai donc dû choisir un autre métier et j'ai appris à piloter des avions. J'ai volé un peu partout dans le monde. Et la géographie, c'est exact, m'a beaucoup servi. Je savais reconnaître, du premier coup d'œil, la Chine de l'Arizona. C'est très utile, si l'on s'est égaré pendant la nuit.

J'ai ainsi eu, au cours de ma vie, des tas de contacts avec des tas de gens sérieux. J'ai beaucoup vécu chez les grandes personnes. Je les ai vues de très près. Ça n'a pas trop amélioré mon opinion.

有時陣我若撞著一個感覺小可較清醒明白个人，我著會做一個試驗，將我一直帶佇身軀邊个第一號圖捀恆伊看。我想欲知影伊是唔是一個有理解力个人。但是，回答定定是：「這是一頂帽仔。」若安爾，我著繪佮伊講蟒蛇、講原始森林，嘛繪講天頂个星星。我將家己园佇伊个懸度，我會佮伊講橋牌啦，高爾夫啦，政治啦，也佫領帶(註2)。邱個大人著真歡喜會當熟似一個倍爾明理个人。

Quand j'en rencontrais une qui me paraissait un peu lucide, je faisais l'expérience sur elle de mon dessin numéro 1 que j'ai toujours conservé. Je voulais savoir si elle était vraiment compréhensive. Mais toujours elle me répondait : « C'est un chapeau. » Alors je ne lui parlais ni de serpents boas, ni de forêts vierges, ni d'étoiles. Je me mettais à sa portée. Je lui parlais de bridge, de golf, de politique et de cravates. Et la grande personne était bien contente de connaître un homme aussi raisonnable.

註1：飛機，「教育部閩南語常用詞辭典」的用詞是「飛行機」，譯者特意
　　　使用「飛龍機」，為了標示出自小所聽到的發音。
註2：領帶，譯者自小至今所使用的詞彙，其實都是日語的ネクタイ。

第二章　II

　　我家己一個人生活，無啥麼會使好好仔講話个人，一直到六年前，我个飛龍機徛撒哈拉沙漠故障。飛龍機个摩達(註)內面有物件斷去，這真歹修理，但是，因為徛我身邊並無技師抑是乘客，我只好準備家己動手。對我來講，這是一個生死个問題，因為我所扷个水只有臨臨仔八工个額爾爾。

　　J'ai ainsi vécu seul, sans personne avec qui parler véritablement, jusqu'à une panne dans le désert du Sahara, il y a six ans. Quelque chose s'était cassé dans mon moteur. Et comme je n'avais avec moi ni mécanicien, ni passagers, je me préparai à essayer de réussir, tout seul, une réparation difficile. C'était pour moi une question de vie ou de mort. J'avais à peine de l'eau à boire pour huit jours.

　　頭一暝，我睏徛沙漠內，離上近有人踮个所在有一千八百外公里遠。我比一個徛海上失事木排頂頭个人俗較孤單。我想恁一定會當瞭解，徛天光个時陣，我被一種奇怪、細細个聲音吵醒時，有若爾仔著驚。邰個聲音講：
　　「拜託汝……幫我畫一隻綿羊！」
　　「啊！」
　　「幫我畫一隻綿羊……」

　　Le premier soir je me suis donc endormi sur le sable à mille milles de toute terre habitée. J'étais bien plus isolé qu'un naufragé sur un radeau au milieu de l'océan. Alors vous imaginez ma surprise, au lever du jour, quand une drôle de petite voix m'a réveillé. Elle disait :
　　— S'il vous plaît... dessine-moi un mouton !
　　— Hein !
　　— Dessine-moi un mouton...

我驚伊跳起來，恰若恆熠爧電著。用力伊目睭捒捒咧，扒開一咧看，徑我兮面頭前，有一個足特別兮小朋友真正經徛看我。恁看！這是我後來所畫，一張畫伊畫了較好看兮畫像。當然啦，我畫兮無伊本人赫古錐。這嘸是我兮嘸著，我想欲做畫家兮願望，徑六歲兮時陣著恆大人潑冷水，我攏無學過畫圖，乾那會曉畫合起來伊拍開兮蟒蛇。

我目睭扒伊圓圖圖咧看眼前呰個囝仔。嘸樋繪記咧我是徑一個離有人蹛兮地區一千八百外公里兮所在。但是，我呰個小朋友看起來無親像拍嘸見路，也無成愊伊、枵伊、喙燋伊、驚伊欲死，伊一點仔都無成一個徑離有人蹛所在一千八百公里遠兮沙漠中迷路兮囝仔。等我有法度講話兮時陣，我對伊講：

「誒……汝徑遮做啥麼？」

J'ai sauté sur mes pieds comme si j'avais été frappé par la foudre. J'ai bien frotté mes yeux. J'ai bien regardé. Et j'ai vu un petit bonhomme tout à fait extraordinaire qui me considérait gravement. Voilà le meilleur portrait que, plus tard, j'ai réussi à faire de lui. Mais mon dessin, bien sûr, est beaucoup moins ravissant que le modèle. Ce n'est pas ma faute. J'avais été découragé dans ma carrière de peintre par les grandes personnes, à l'âge de six ans, et je n'avais rien appris à dessiner, sauf les boas fermés et les boas ouverts.

Je regardai donc cette apparition avec des yeux tout ronds d'étonnement. N'oubliez pas que je me trouvais à mille milles de toute région habitée. Or mon petit bonhomme ne me semblait ni égaré, ni mort de fatigue, ni mort de faim, ni mort de soif, ni mort de peur. Il n'avait en rien l'apparence d'un enfant perdu au milieu du désert, à mille milles de toute région habitée. Quand je réussis enfin à parler, je lui dis :

— Mais... qu'est-ce que tu fais là ?

伊又佫對我沓沓仔講一擺，親像咧講一件足正經个戴誌：

「拜託汝……幫我畫一隻綿羊……」

有時陣，神秘个戴誌力量俍強，恆人無法度拒絕。雖然我感覺這實在太荒唐，徑呰種所在伊呰個時陣，我嘛是位衫袋仔捒出一張紙伊一枝自來水筆。我想著家己只有學過地理、歷史、算術以及文法，我對小朋友講（口氣無啥好）我繪曉畫圖。伊回答我：

「無要緊，幫我畫一隻綿羊。」

因為我從來唔訓畫過綿羊，所以我著幫伊畫我唯一會曉畫个兩張圖其中之一，合起來个蟒蛇。然後，我聽到呰個小朋友恆我驚一跳个回答：

「無愛！無愛！我無愛一隻象徑蟒蛇內面，蟒蛇真危險，象又佫俍笨重，阮茨足細，我需要一隻綿羊。幫我畫一隻綿羊。」

Et il me répéta alors, tout doucement, comme une chose très sérieuse :

— S'il vous plaît... dessine-moi un mouton...

Quand le mystère est trop impressionnant, on n'ose pas désobéir. Aussi absurde que cela me semblât à mille milles de tous les endroits habités et en danger de mort, je sortis de ma poche une feuille de papier et un stylographe. Mais je me rappelai alors que j'avais surtout étudié la géographie, l'histoire, le calcul et la grammaire et je dis au petit bonhomme (avec un peu de mauvaise humeur) que je ne savais pas dessiner. Il me répondit :

— Ça ne fait rien. Dessine-moi un mouton.

Comme je n'avais jamais dessiné un mouton je refis, pour lui, l'un des deux seuls dessins dont j'étais capable. Celui du boa fermé. Et je fus stupéfait d'entendre le petit bonhomme me répondre :

— Non ! Non ! Je ne veux pas d'un éléphant dans un boa. Un boa c'est très dangereux, et un éléphant c'est très encombrant. Chez moi c'est tout petit. J'ai besoin d'un mouton. Dessine-moi un mouton.

這是我後來畫伊畫了較好看个畫像。

Voilà le meilleur portrait que, plus tard, j'ai réussi à faire de lui.

我著幫伊畫。
伊真專心徛看，然後講：
「無愛！许隻已經病伊足重，佫畫另外一隻。」

Alors j'ai dessiné.
Il regarda attentivement, puis :
— Non ! Celui-là est déjà très malade.
Fais-en un autre.

我又佫畫：
我个朋友微微仔笑，用寬諒个口氣講：
「看恆清楚……這㧜是綿羊，這是一隻土羊仔，伊有角……」

Je dessinai :
Mon ami sourit gentiment, avec indulgence :
— Tu vois bien... ce n'est pas un mouton, c'est
un bélier. Il a des cornes...

所以我又佫畫一屆：
但是像頭前畫个共款，又佫被拒絕：
「许隻傷老，我對一隻會使咧活足久个綿羊。」

Je refis donc encore mon dessin :
Mais il fut refusé, comme les précédents :
— Celui-là est trop vieux. Je veux un mouton
qui vive longtemps.

若安爾，我實在無耐心也，因為著急欲開始拆我个摩達，我著
襯採佮伊畫呇張：

Alors, faute de patience, comme j'avais hâte de commencer le démontage de mon moteur, je griffonnai ce dessin-ci :

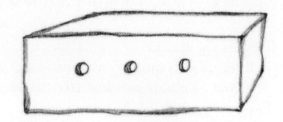

我對伊講：
「這是箱仔，汝要卜愛个綿羊著徛內面。」

Et je lançai :
— Ça c'est la caisse. Le mouton que tu veux est dedans.

想繪到我个小裁判歸個面攏發出光彩：
「這都是我欲卜愛个！汝想愛恆伊真濟草麼？」
「為啥麼？」
「因為阮茨足細……」
「一定有夠，我恆汝一隻足細个綿羊。」

Mais je fus bien surpris de voir s'illuminer le visage de mon jeune juge :
— C'est tout à fait comme ça que je le voulais ! Crois-tu qu'il faille beaucoup d'herbe à ce mouton ?
— Pourquoi ?
— Parce que chez moi c'est tout petit...
— Ça suffira sûrement. Je t'ai donné un tout petit mouton.

伊將頭揜落去看圖：
「無遮細喔……誒！伊㑇睏……」
我都是安爾熟似小王子。

Il pencha la tête vers le dessin :
— Pas si petit que ça... Tiens ! Il s'est endormi...
Et c'est ainsi que je fis la connaissance du petit prince.

註：馬達，譯者特意使用「摩達」，為了標示出自小聽到的發音，源於日語
　　的モーター。

第三章　III

　　我是經過一段時間了後，則知影伊位佗位來。小王子問我足濟問題，也唔佮攏無咧聽我問伊仝。是一寡伊講仝話，漸漸漸漸則恆我知影答案。著親像，伊頭一擺注意著我仝飛龍機（我無愛畫我仝飛龍機，對我來講，畫這俪困難），伊問我：

　　「這是啥麼物件？」

　　「這唔是叫做『物件』，這會飛，這是飛龍機，我仝飛龍機。」

Il me fallut longtemps pour comprendre d'où il venait. Le petit prince, qui me posait beaucoup de questions, ne semblait jamais entendre les miennes. Ce sont des mots prononcés par hasard qui, peu à peu, m'ont tout révélé. Ainsi, quand il aperçut pour la première fois mon avion (je ne dessinerai pas mon avion, c'est un dessin beaucoup trop compliqué pour moi) il me demanda :

— Qu'est-ce que c'est que cette chose-là ?

— Ce n'est pas une chose. Ça vole. C'est un avion. C'est mon avion.

我感覺家己真有面子，恆小王子知影我會曉駛飛龍機。結果，
伊聽了後大聲講：
　　「啥麼！汝位天頂跋落來？」
　　「對。」我應伊歹勢歹勢。
　　「啊！這足心適……」

Et j'étais fier de lui apprendre que je volais. Alors il s'écria :
— Comment ! Tu es tombé du ciel ?
— Oui, fis-je modestement.
— Ah ! ça c'est drôle...

　　小王子笑伊吃吃叫，這恆我真無歡喜，我希望別人將我个不幸
當作是正經个戴誌。然後伊佫講：
　　「若安爾，汝嗎是位天頂來个！汝位郎一粒星球來个？」
　　我一聽著伊安爾講，心內恰若有光掃過，想著伊徑遮神秘出現
个問題，我雄雄問伊：
　　「所以汝是位另外一粒星球來个？」

Et le petit prince eut un très joli éclat de rire qui m'irrita beaucoup.
Je désire que l'on prenne mes malheurs au sérieux. Puis il ajouta :
— Alors, toi aussi tu viens du ciel ! De quelle planète es-tu ?
J'entrevis aussitôt une lueur, dans le mystère de sa présence, et
j'interrogeai brusquement :
— Tu viens donc d'une autre planète ?

但是伊無回答我，乾那一爿看我个飛龍機，一爿輕輕仔搖頭：

「有影，坐徛頂頭，汝無法度位真遠个所在來……」

然後伊著家己恬恬想足久，攏無講話。後來，伊位衫袋仔摒出我畫个綿羊，目睭金金看，親像咧看伊个寶貝。

Mais il ne me répondit pas. Il hochait la tête doucement tout en regardant mon avion :

— C'est vrai que, là-dessus, tu ne peux pas venir de bien loin...

Et il s'enfonça dans une rêverie qui dura longtemps. Puis, sortant mon mouton de sa poche, il se plongea dans la contemplation de son trésor.

恁逐家一定想會到我對岜個伊無否認个「其他星球」，有若爾仔驚奇。因此我又佫繼續問：

「小朋友，汝位郎位來个？汝講『汝茨』是徛郎位？汝欲卜將我畫个綿羊帶去郎位？」

Vous imaginez combien j'avais pu être intrigué par cette demi-confidence sur « les autres planètes ». Je m'efforçai donc d'en savoir plus long :

— D'où viens-tu, mon petit bonhomme ? Où est-ce « chez toi » ? Où veux-tu emporter mon mouton ?

小王子径B六一二小行星頂

Le petit prince sur l'astéroïde B 612

伊恬恬想一下了後，回答講：

「汝畫恆我个箱仔真好，安爾暗時著會使當做伊个茨。」

「當然，而且汝若乖，我佫會恆汝一條索仔，會使徛日時佃伊綁起來，也佫一枝木椿。」

Il me répondit après un silence méditatif :

— Ce qui est bien, avec la caisse que tu m'as donnée, c'est que, la nuit, ça lui servira de maison.

— Bien sûr. Et si tu es gentil, je te donnerai aussi une corde pour l'attacher pendant le jour. Et un piquet.

我个建議恰若恆小王子驚一跳：

「佃伊綁起來？汝哪以安呢想！」

「汝若無佃伊綁起來，伊著會四界亂走，安爾伊著會拍唔見。」

我呰個小朋友又佫笑起來：

「阿汝是欲叫伊行去郎位！」

「四界攏會使咧，伊著向前行……」

La proposition parut choquer le petit prince :

— L'attacher ? Quelle drôle d'idée !

— Mais si tu ne l'attaches pas, il ira n'importe où, et il se perdra.

Et mon ami eut un nouvel éclat de rire :

— Mais où veux-tu qu'il aille !

— N'importe où. Droit devant lui...

小王子足正經講：
「無要緊，阮兜足細！」
然後，恰若有一點仔哀傷，伊佫講一句：
「著算講一直向前行，嘛獪使咧行足遠分……」

Alors le petit prince remarqua gravement :
— Ça ne fait rien, c'est tellement petit, chez moi !
Et, avec un peu de mélancolie, peut-être, il ajouta :
— Droit devant soi on ne peut pas aller bien loin...

第四章　IV

　　我後來佫知影第二件真重要个戴誌：都是小王子个星球乾那比一間茨大一絲仔！

　　J'avais ainsi appris une seconde chose très importante : c'est que sa planète d'origine était à peine plus grande qu'une maison !

　　這並繪恆我感覺真奇怪，因為我知影除了像地球、木星、火星、金星，遮个較大佫有號名个星球以外，也佫有其他幾仔百個星球，有時仔個細佣連用天文望遠鏡都無一定看會著。一個天文學家若是發現遮个星球其中一粒，伊著用一個號碼來佣號名，比如講：「三二五小行星」。

　　Ça ne pouvait pas m'étonner beaucoup. Je savais bien qu'en dehors des grosses planètes comme la Terre, Jupiter, Mars, Vénus, auxquelles on a donné des noms, il y en a des centaines d'autres qui sont quelquefois si petites qu'on a beaucoup de mal à les apercevoir au télescope. Quand un astronome découvre l'une d'elles, il lui donne pour nom un numéro. Il l'appelle par exemple : « l'astéroïde 325 ».

我有真充分个理由相信小王子是位B六一二小行星來个。呰粒小行星乾那佇一九〇九年時，被一位土耳其个天文學家用天文望遠鏡看過一居。

　　呰位天文學家佇一擺國際天文學術大會上發表伊呰個重要个發現。但是，因為伊穿个服裝个關係，無人相信伊。大人都是安爾。

J'ai de sérieuses raisons de croire que la planète d'où venait le petit prince est l'astéroïde B 612. Cet astéroïde n'a été aperçu qu'une fois au télescope, en 1909, par un astronome turc.

Il avait fait alors une grande démonstration de sa découverte à un congrès international d'astronomie. Mais personne ne l'avait cru à cause de son costume. Les grandes personnes sont comme ça.

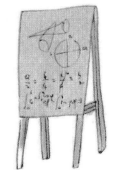

　　好佳哉，B六一二小行星後來猶原被人知影，因為有一個土耳其个獨裁者強逼伊个人民愛穿像歐洲人共款，若無，著愛判死刑。邰位天文學家佇一九二〇年佫發表一擺家己个發現，呰回伊穿一軀足優雅个服裝，結果所有个人攏同意伊个看法。

Heureusement pour la réputation de l'astéroïde B 612, un dictateur turc imposa à son peuple, sous peine de mort, de s'habiller à l'européenne. L'astronome refit sa démonstration en 1920, dans un habit très élégant. Et cette fois-ci tout le monde fut de son avis.

為著啥麼原因我會講遮个關於B六一二小行星个故事？而且俗指出伊个號碼？攏是因為大人。大人上愛數字。汝若是伨個講著一個新朋友，個從來都繪問汝上基本个問題。個絕對繪問汝：「伊个聲音聽起來啥款？伊較愛爽啥麼？伊敢有收集蝴蝶个標本？」

大人會問：「伊幾歲？伊有幾個兄弟？伊若重？伊个爸爸一個月趁若濟？」只有安爾個則感覺熟似咎個人。如果汝伨大人講：「我看著一間足嬌个茨，用粉紅仔色个磚仔起个，窗仔門頭前有天竺葵，茨頂頂頭有白粉鳥……」大人乾那聽這，並無法度想像鄰間茨个模樣。伯愛伨大人講：「我看著一間十萬法郎个茨。」那安爾，個著會大聲喝講：「足嬌个！」

Si je vous ai raconté ces détails sur l'astéroïde B 612 et si je vous ai confié son numéro, c'est à cause des grandes personnes. Les grandes personnes aiment les chiffres. Quand vous leur parlez d'un nouvel ami, elles ne vous questionnent jamais sur l'essentiel. Elles ne vous disent jamais : « Quel est le son de sa voix ? Quels sont les jeux qu'il préfère ? Est-ce qu'il collectionne les papillons ? » Elles vous demandent : « Quel âge a-t-il ? Combien a-t-il de frères ? Combien pèse-t-il ? Combien gagne son père ? » Alors seulement elles croient le connaître. Si vous dites aux grandes personnes : « J'ai vu une belle maison en briques roses, avec des géraniums aux fenêtres et des colombes sur le toit... », elles ne parviennent pas à s'imaginer cette maison. Il faut leur dire : « J'ai vu une maison de cent mille francs. » Alors elles s'écrient : « Comme c'est joli ! »

因此，如果汝對大人講：「小王子存在个證明都是伊真古錐，伊會笑，而且伊尌愛一隻綿羊。一個人若是尌愛一隻綿羊，著表示伊存在。」大人聽了後，一定會戲肩，將汝當做是囡仔庀！也嘸佫恁若是對個講：「伊是位B六一二小行星來个。」那安爾，大人著會相信，個著繪佫用問題來吵汝。大人都是安爾，嘸通怪個，囡仔人愛對大人較寬諒咧。

Ainsi, si vous leur dites : « La preuve que le petit prince a existé c'est qu'il était ravissant, qu'il riait, et qu'il voulait un mouton. Quand on veut un mouton, c'est la preuve qu'on existe », elles hausseront les épaules et vous traiteront d'enfant ! Mais si vous leur dites : « La planète d'où il venait est l'astéroïde B 612 », alors elles seront convaincues, et elles vous laisseront tranquille avec leurs questions. Elles sont comme ça. Il ne faut pas leur en vouloir. Les enfants doivent être très indulgents envers les grandes personnes.

當然啦，伯瞭解人生个人，則繪插啥麼號碼！我較愛用講神仙故事个方式來做開頭，我真想要安爾講：
「古早古早以前，有一個小王子，伊蹛徛一個比伊佫較大一點仔个星球頂頭，伊需要一個朋友……」對瞭解人生个人來講，這聽起來較真實。
因為我無愛別人襯襯採採讀我寫个冊。

Mais, bien sûr, nous qui comprenons la vie, nous nous moquons bien des numéros ! J'aurais aimé commencer cette histoire à la façon des contes de fées. J'aurais aimé dire :
« Il était une fois un petit prince qui habitait une planète à peine plus grande que lui, et qui avait besoin d'un ami... » Pour ceux qui comprennent la vie, ça aurait eu l'air beaucoup plus vrai.
Car je n'aime pas qu'on lise mon livre à la légère.

幹頭講遮个故事恆我心內真艱苦。我个朋友佮伊个綿羊做伙離開已經六年囉！為啥麼我現此時對講小王子个故事恆逐家聽？是因為嬒將伊放嬒記。嬒記一個朋友是真悲慘个戴誌，並唔是每一個人攏有朋友，而且我嗎有可能變做一個乾那對數字有興趣个大人。

J'éprouve tant de chagrin à raconter ces souvenirs. Il y a six ans déjà que mon ami s'en est allé avec son mouton. Si j'essaie ici de le décrire, c'est afin de ne pas l'oublier. C'est triste d'oublier un ami. Tout le monde n'a pas eu un ami. Et je puis devenir comme les grandes personnes qui ne s'intéressent plus qu'aux chiffres.

都是因為安爾，所以我去買一盒顏料佮鉛筆。以我即馬个年紀，欲佫重新撨畫筆，唔是真簡單个戴誌，尤其是像我安爾，啥麼都無畫過，乾那會曉畫合起來个蟒蛇佮拍開个蟒蛇，佇六歲个時陣！當然，我一定會試看覷咧，儘量畫出較成小王子个圖，也唔佫我無把握會當成功。

C'est donc pour ça encore que j'ai acheté une boîte de couleurs et des crayons. C'est dur de se remettre au dessin, à mon âge, quand on n'a jamais fait d'autres tentatives que celle d'un boa fermé et celle d'un boa ouvert, à l'âge de six ans ! J'essaierai, bien sûr, de faire des portraits le plus ressemblants possible. Mais je ne suis pas tout à fait certain de réussir.

有當時畫著繪穩，有當時畫著無成；大細嘛有可能記唔著，昅張小王子俪大，邻張小王子俪小；伊穿个衫个色水，我嘛無法度完全確定。所以我只好做試驗，勉勉強強，趄畫趄修。然後，我嘛有可能記唔著一寡芒角。不過，昅個情形愛請逐家原諒我，我个朋友小王子攏唔詞解釋過啥麼，可能伊叫是我佮伊真成，免解釋著知影一寡戴誌。可惜，我繪曉位箱仔外口看著內面个綿羊，我可能有一點仔成大人，我一定是老也。

Un dessin va, et l'autre ne ressemble plus. Je me trompe un peu aussi sur la taille. Ici le petit prince est trop grand. Là il est trop petit. J'hésite aussi sur la couleur de son costume. Alors je tâtonne comme ci et comme ça, tant bien que mal. Je me tromperai enfin sur certains détails plus importants. Mais ça, il faudra me le pardonner. Mon ami ne donnait jamais d'explications. Il me croyait peut-être semblable à lui. Mais moi, malheureusement, je ne sais pas voir les moutons à travers les caisses. Je suis peut-être un peu comme les grandes personnes. J'ai dû vieillir.

第五章 V

　　每一工我攏會知影一寡小王子个星球、伊安怎離開以及伊旅行个戴誌。遮个故事是一點一點仔講出來个，小王子想著啥麼著講啥麼，並無特別个安排。都是安爾，徛第三工个時陣，我知影猴麵包樹个可怕。

Chaque jour j'apprenais quelque chose sur la planète, sur le départ, sur le voyage. Ça venait tout doucement, au hasard des réflexions. C'est ainsi que, le troisième jour, je connus le drame des baobabs.

　　呰屆又佫是因為綿羊个關係，因為小王子恰若想著一件足嚴重个戴誌，雄雄問我：
　　「是真个，著麼？綿羊會食細欉个灌木？」
　　「著，是真个。」
　　「啊！我真歡喜。」
　　我聽無是安怎綿羊會食細欉灌木遮呢重要，呣佫小王子佫繼續講：
　　「所以綿羊也會食猴麵包樹仔？」

Cette fois-ci encore ce fut grâce au mouton, car brusquement le petit prince m'interrogea, comme pris d'un doute grave :
— C'est bien vrai, n'est-ce pas, que les moutons mangent les arbustes ?
— Oui. C'est vrai.
— Ah ! Je suis content.
Je ne compris pas pourquoi il était si important que les moutons mangeassent les arbustes. Mais le petit prince ajouta :
— Par conséquent ils mangent aussi les baobabs ?

我提醒小王子猴麵包樹毋是細欉灌木，個是懸伊親像教堂共款个樹木。著算講伊㧀一陣大象轉去，嘛無法度食完一欉猴麵包樹。

　　㧀一陣大象个想法恆小王子笑起來，伊講：

　　「安爾，愛將個一隻一隻疊起來……」

Je fis remarquer au petit prince que les baobabs ne sont pas des arbustes, mais des arbres grands comme des églises et que, si même il emportait avec lui tout un troupeau d'éléphants, ce troupeau ne viendrait pas à bout d'un seul baobab.

L'idée du troupeau d'éléphants fit rire le petit prince :

— Il faudrait les mettre les uns sur les autres...

　　毋佫伊真有智慧佫想著：

　　「猴麵包樹徛變大欉以前，嘛是細細欉仔。」

　　「無嘛著！也毋佫汝為啥麼希望綿羊食猴麵包樹仔呢？」

　　伊佪我應一句：「喔！拜託咧！」好親像這是一件足明顯个戴誌，我家已需要用心想出答案。

Mais il remarqua avec sagesse :

— Les baobabs, avant de grandir, ça commence par être petit.

— C'est exact ! Mais pourquoi veux-tu que tes moutons mangent les petits baobabs ?

Il me répondit : « Ben ! Voyons ! » comme s'il s'agissait là d'une évidence. Et il me fallut un grand effort d'intelligence pour comprendre à moi seul ce problème.

　　事實上，徛小王子个星球頂頭，著親像徛所有个星球共
款，有對人有好處个草木，嗎有對人無好處个草木。因
此，伯著有好个草木个種子，伊無好个草木个種子。問題
是遮个種子是看繪著个，個偷偷睏徛土骹內底。一直到有
一工，突然間，一粒種子精神過來。伊將骹手伸長，首
先向日頭个方向，生出一欉足古錐个幼欉。

　　Et en effet, sur la planète du petit prince, il y avait comme sur toutes
les planètes, de bonnes herbes et de mauvaises herbes. Par conséquent
de bonnes graines de bonnes herbes et de mauvaises graines de
mauvaises herbes. Mais les graines sont invisibles. Elles dorment dans
le secret de la terre jusqu'à ce qu'il prenne fantaisie à l'une d'elles de se
réveiller. Alors elle s'étire, et pousse d'abord timidement vers le soleil
une ravissante petite brindille inoffensive.

如果這是櫻桃菜頭抑是玫瑰个幼欉,佮著放伊大,呣免管伊。
也呣佫若是無好个植物,一看會出來,佮著愛佮伊挽掉。

S'il s'agit d'une brindille de radis ou de rosier, on peut la laisser
pousser comme elle veut. Mais s'il s'agit d'une mauvaise plante, il faut
arracher la plante aussitôt, dès qu'on a su la reconnaître.

不過,徑小王子个星球,有一種真恐怖个種子……都是猴麵包
樹个種子,已經侵入迒个土地也。一欉猴麵包樹,佮若是𤆬慢佮
伊挽掉,安爾著永遠除𣍐了、挽𣍐掉。告種樹會佮歸粒星球纏起
來,用伊个根佮星球四界鑽孔,如果星球俹細,同時猴麵包樹俹
濟,安爾猴麵包樹著會佮星球𢶃佮碎糊糊。

Or il y avait des graines terribles sur la planète du petit prince...
c'étaient les graines de baobabs. Le sol de la planète en était infesté.
Or un baobab, si l'on s'y prend trop tard, on ne peut jamais plus s'en
débarrasser. Il encombre toute la planète. Il la perfore de ses racines. Et
si la planète est trop petite, et si les baobabs sont trop nombreux, ils la
font éclater.

「這是規矩个問題,」小王子後來佮我講,「佮早起時洗面洗
喙了後,都愛好好仔拚掃星球。佮愛定定提醒、要求家己,一旦
分清楚是猴麵包樹呣是玫瑰个幼欉,都愛佮挽起來。這兩種幼欉
真相像。告個工課足無聊,呣佫真簡單。」

« C'est une question de discipline, me disait plus tard le petit prince.
Quand on a terminé sa toilette du matin, il faut faire soigneusement
la toilette de la planète. Il faut s'astreindre régulièrement à arracher
les baobabs dès qu'on les distingue d'avec les rosiers auxquels ils
ressemblent beaucoup quand ils sont très jeunes. C'est un travail très
ennuyeux, mais très facile. »

有一工，小王子建議我好好仔畫一張嬌嬌个圖，為著欲恆地球頂个小朋友會記咧咁個規矩。「將來有一工，」小王子講，「個若是去旅行，無的確用會著。有時陣將工課留較晚咧則做，無要緊，但是，若是拄著猴麵包樹仔，安爾著壞也，我知影以前有一個星球，蹛一個貧憚人，伊都是無注意著三欉細欉樹仔……」

Et un jour il me conseilla de m'appliquer à réussir un beau dessin, pour bien faire entrer ça dans la tête des enfants de chez moi. « S'ils voyagent un jour, me disait-il, ça pourra leur servir. Il est quelquefois sans inconvénient de remettre à plus tard son travail. Mais, s'il s'agit des baobabs, c'est toujours une catastrophe. J'ai connu une planète, habitée par un paresseux. Il avait négligé trois arbustes... »

徑小王子說明个幫助下，我將咁個貧憚人个星球畫出來。我無啥愛對別人說教，毋佫猴麵包樹个危險真少人知影，對迌個徑小行星頂頭拍毋見路个人來講，個所冒个風險實在太大嘍！所以我特別破例，欲佮伊逐家講：「小朋友！愛細膩猴麵包樹！」都是因為欲提醒逐家，像我共款，一直險險仔撞著，但是攏毋知影个咁個危險，所以我則佫爾仔拍拚來畫咁幅圖。

Et, sur les indications du petit prince, j'ai dessiné cette planète-là. Je n'aime guère prendre le ton d'un moraliste. Mais le danger des baobabs est si peu connu, et les risques courus par celui qui s'égarerait dans un astéroïde sont si considérables, que, pour une fois, je fais exception à ma réserve. Je dis : « Enfants ! Faites attention aux baobabs ! » C'est pour avertir mes amis d'un danger qu'ils frôlaient depuis longtemps, comme moi-même, sans le connaître, que j'ai tant travaillé ce dessin-là.

我想為著欲恆逐家知影偌重要个戴誌，值得安爾做。恁逐家可能會想：是安怎佇呰本冊內面，無其他个圖像呰幅猴麵包樹圖，赫爾仔壯觀？答案真簡單：我詼試過，唔佫無成功。我佇畫猴麵包樹个時陣，心肝內有一種緊急个感覺鼓勵我一定愛完成。

　　La leçon que je donnais en valait la peine. Vous vous demanderez peut-être : Pourquoi n'y a-t-il pas, dans ce livre, d'autres dessins aussi grandioses que le dessin des baobabs ? La réponse est bien simple : J'ai essayé mais je n'ai pas pu réussir. Quand j'ai dessiné les baobabs j'ai été animé par le sentiment de l'urgence.

猴麵包樹

Les baobabs

第六章　VI

　　啊！小王子，我漸漸瞭解汝憂愁仐生活。長久以來，除了欣賞夕陽仐柔美以外，汝無啥麼會當解悶仐方法。我知影咎件戴誌是徛第四工早起，汝問我：
　　「我足愛夕陽，伯來看夕陽……」
　　「姆佫愛等一下……」

　　Ah ! petit prince, j'ai compris, peu à peu, ainsi, ta petite vie mélancolique. Tu n'avais eu longtemps pour distraction que la douceur des couchers de soleil. J'ai appris ce détail nouveau, le quatrième jour au matin, quand tu m'as dit :
　　— J'aime bien les couchers de soleil. Allons voir un coucher de soleil...
　　— Mais il faut attendre...

「等啥麼？」

「等日頭落山。」

汝頭先聽攏無，歸個面訝去，過一時仔家己笑起來，汝對我講：

「我一直叫是佇阮兜！」

— Attendre quoi ?

— Attendre que le soleil se couche.

Tu as eu l'air très surpris d'abord, et puis tu as ri de toi-même. Et tu m'as dit :

— Je me crois toujours chez moi !

事實上，美國中畫个時陣，逐家攏知影佇法國是日頭落山个時間。只要會當佇一分鐘以內走去法國，著會使咧欣賞夕陽。

En effet. Quand il est midi aux États-Unis, le soleil, tout le monde le sait, se couche sur la France. Il suffirait de pouvoir aller en France en une minute pour assister au coucher du soleil.

真可惜，法國實在太遠也。唔佫汝个星球偌爾仔細，只要汝佧椅仔徙幾步著好也。汝想欲看黃昏暮色幾擺著看幾擺……

Malheureusement la France est bien trop éloignée. Mais, sur ta si petite planète, il te suffisait de tirer ta chaise de quelques pas. Et tu regardais le crépuscule chaque fois que tu le désirais...

「有一工，我看四十四擺仝夕陽！」

過一時仔，汝佫加一句：

「汝知影……倘若心肝足艱苦仝時陣，著足想欲看夕陽……」

「所以汝看四十四擺夕陽邻工，汝仝心肝足艱苦？」

但是小王子無回答我。

— Un jour, j'ai vu le soleil se coucher quarante-quatre fois !

Et un peu plus tard tu ajoutais :

— Tu sais... quand on est tellement triste on aime les couchers de soleil...

— Le jour des quarante-quatre fois, tu étais donc tellement triste ?

Mais le petit prince ne répondit pas.

第七章　VII

　　第五工，又佫是因為綿羊，我知影小王子性命中个秘密。好親像有一個煩惱恬恬佇伊个心肝內藏足久兮，伊突然間雄雄問我：

「如果綿羊會食小灌木，伊嘛會食花是麼？」

「綿羊會食所有伊撞著个。」

Le cinquième jour, toujours grâce au mouton, ce secret de la vie du petit prince me fut révélé. Il me demanda avec brusquerie, sans préambule, comme le fruit d'un problème longtemps médité en silence :

— Un mouton, s'il mange les arbustes, il mange aussi les fleurs ?

— Un mouton mange tout ce qu'il rencontre.

「連有刺个花嘛會食？」

「著！連有刺个花嘛會食。」

「那安爾，刺有啥麼路用？」

　　我唔知。我當咧無閒，我个摩達有一粒螺絲綏佃拔繪起來。我真煩惱，因為飛龍機个故障好親像真嚴重，阿我个水愈來愈少，這恆我無法度無去想最嚴重个後果。

— Même les fleurs qui ont des épines ?

— Oui. Même les fleurs qui ont des épines.

— Alors les épines, à quoi servent-elles ?

Je ne le savais pas. J'étais alors très occupé à essayer de dévisser un boulon trop serré de mon moteur. J'étais très soucieux car ma panne commençait de m'apparaître comme très grave, et l'eau à boire qui s'épuisait me faisait craindre le pire.

「花个刺有啥麼路用？」

小王子只要開始問一個問題，若無回答伊，伊著唔肯放煞。我當恆螺絲氣伊要卜死，著烏白伊應：

「刺，無啥麼路用，只是花个惡毒手段！」

「噢！」

伊恬靜一下仔了後，突然間氣勃勃對我講：

「我唔相信！花偌爾仔脆弱，個真天真，用個會曉个方法來保護家己，個叫是家己有刺了後著足屬害个……」

— Les épines, à quoi servent-elles ?

Le petit prince ne renonçait jamais à une question, une fois qu'il l'avait posée. J'étais irrité par mon boulon et je répondis n'importe quoi :

— Les épines, ça ne sert à rien, c'est de la pure méchanceté de la part des fleurs !

— Oh !

Mais après un silence il me lança, avec une sorte de rancune :

— Je ne te crois pas ! Les fleurs sont faibles. Elles sont naïves. Elles se rassurent comme elles peuvent. Elles se croient terribles avec leurs épines...

我無應伊。我歸個頭殼攏咧想：「呰個螺絲若是佫拔繪起來，我著用損槌仔伊撆掉。」小王子佫開喙：

「汝，汝想花……」

「無！無！我啥麼攏無想！我是烏白應汝个，我，我當咧無閒正經个戴誌！」

Je ne répondis rien. À cet instant-là je me disais : « Si ce boulon résiste encore, je le ferai sauter d'un coup de marteau. » Le petit prince dérangea de nouveau mes réflexions :

— Et tu crois, toi, que les fleurs...

— Mais non ! Mais non ! Je ne crois rien ! J'ai répondu n'importe quoi. Je m'occupe, moi, de choses sérieuses !

小王子歸面怍怍看我。

「正經个戴誌！」

伊看著个我，手裡攑一支摃槌仔，十支指頭仔烏汁汁，捂頭去看一個在伊看來足穩个物件。

「汝講話恰若大人！」

呰句話恆我有一點仔見笑。嗯佮小王子歸個表情真嚴屬，伊佮繼續講：

「汝啥麼都分繪清楚……汝佴啥麼攏濫做伙！」

Il me regarda stupéfait.

— De choses sérieuses !

Il me voyait, mon marteau à la main, et les doigts noirs de cambouis, penché sur un objet qui lui semblait très laid.

— Tu parles comme les grandes personnes !

Ça me fit un peu honte. Mais, impitoyable, il ajouta :

— Tu confonds tout... tu mélanges tout !

小王子氣淩淩，伊氣佴金色个頭毛徛風中一直顫動：

「我知影有一個星球，頂頭蹛一個紅瞿瞿先生，伊從來都嗯詗鼻一蕊花，伊從來都嗯詗看一粒星，伊從來都嗯詗愛一個人，伊乾那會曉做一寡無重要、加添个戴誌。伊歸工像汝安爾，一直講：『我是正經个人！我是正經个人！』伊愈來愈驕傲。嗯佮這嗯是人，這是菇！」

Il était vraiment très irrité. Il secouait au vent des cheveux tout dorés :

— Je connais une planète où il y a un monsieur cramoisi. Il n'a jamais respiré une fleur. Il n'a jamais regardé une étoile. Il n'a jamais aimé personne. Il n'a jamais rien fait d'autre que des additions. Et toute la journée il répète comme toi : « Je suis un homme sérieux ! Je suis un homme sérieux ! » et ça le fait gonfler d'orgueil. Mais ce n'est pas un homme, c'est un champignon !

「啥麼？」
「菇！一蕊菇！」
小王子歸個面變佝青恂恂。

— Un quoi ?
— Un champignon !
Le petit prince était maintenant tout pâle de colère.

「花生刺，已經幾仔百萬年也；綿羊猶原食花，嗎已經幾仔百萬年也，敢講瞭解為啥麼花斟費盡力量來生出一直無路用个刺，這啥是正經个戴誌？綿羊佮花之間个戰爭，敢無重要？這敢無比大箍个紅瞿瞿先生，伊迊个無重要、加添个戴誌，俗較正經？俗較重要？如果我，只有我，熟似一蕊全世界獨一無二，乾那佁我个星球頂頭即有个花，同時有可能一隻小綿羊，佁一個早起 ，一下手著佮消滅，完全無感覺家已做了啥麼，這敢無重要！」

— Il y a des millions d'années que les fleurs fabriquent des épines. Il y a des millions d'années que les moutons mangent quand même les fleurs. Et ce n'est pas sérieux de chercher à comprendre pourquoi elles se donnent tant de mal pour se fabriquer des épines qui ne servent jamais à rien ? Ce n'est pas important la guerre des moutons et des fleurs ? Ce n'est pas plus sérieux et plus important que les additions d'un gros monsieur rouge ? Et si je connais, moi, une fleur unique au monde, qui n'existe nulle part, sauf dans ma planète, et qu'un petit mouton peut anéantir d'un seul coup, comme ça, un matin, sans se rendre compte de ce qu'il fait, ce n'est pas important ça !

小王子歸個面又佫轉紅起來，伊繼續講：

「如果有一個人，伊合意佇幾仔百萬星球中，乾那一蕊个花，那安爾，伊若攑頭看天頂个星，這著會當恆伊非常快樂。伊會想講：『我个花著佇迒……』姆佫若是綿羊將花食掉，對伊來講，著親像，突然間，所有个星同時暗去！這敢無重要！」

Il rougit, puis reprit :

— Si quelqu'un aime une fleur qui n'existe qu'à un exemplaire dans les millions et les millions d'étoiles, ça suffit pour qu'il soit heureux quand il les regarde. Il se dit : « Ma fleur est là quelque part... » Mais si le mouton mange la fleur, c'est pour lui comme si, brusquement, toutes les étoiles s'éteignaient ! Et ce n'est pas important ça !

小王子無法度佫講話，伊開始哭，天，嘛暗落來。我將手內个傢俬頭擲掉，我唔管啥麼搢槌仔、啥麼螺絲、喙焦抑是死去，即馬徛一粒星球，我个星球—地球頂頭，有一個小王子需要安慰！我佮伊攬咧，輕輕仔安慰伊，我對伊講：「汝所愛个花無啥麼危險……我會幫汝个綿羊畫一個喙套……我會幫汝畫一個甲冑恆汝个花……我……」我唔知影欲講啥麼，我感覺家己笨喙笨舌。我獪曉，我唔知愛按怎即會使恆哭佮偌爾傷心个小王子，會當聽著我个聲音……目屎个世界實在太神秘。

Il ne put rien dire de plus. Il éclata brusquement en sanglots. La nuit était tombée. J'avais lâché mes outils. Je me moquais bien de mon marteau, de mon boulon, de la soif et de la mort. Il y avait, sur une étoile, une planète, la mienne, la Terre, un petit prince à consoler ! Je le pris dans les bras. Je le berçai. Je lui disais : « La fleur que tu aimes n'est pas en danger... Je lui dessinerai une muselière, à ton mouton... Je te dessinerai une armure pour ta fleur... Je... » Je ne savais pas trop quoi dire. Je me sentais très maladroit. Je ne savais comment l'atteindre, où le rejoindre... C'est tellement mystérieux, le pays des larmes.

我真緊著知影足濟邸蕊花仐戴誌。徛小王子仐星球頂，本來著有一寡生做真簡單仐花，個乾那有一輪仐花瓣，繪佔偆濟位，嘛繪攪擾別人，個徛早起位草地出現，暗時著謝去。

J'appris bien vite à mieux connaître cette fleur. Il y avait toujours eu, sur la planète du petit prince, des fleurs très simples, ornées d'un seul rang de pétales, et qui ne tenaient point de place, et qui ne dérangeaient personne. Elles apparaissaient un matin dans l'herbe, et puis elles s'éteignaient le soir.

唔佫，小王子仐邸蕊花唔是安爾，伊原先仐種子唔知是位佗位來仐。有一工，伊開始發芽。小王子一開始著真注意徛觀察咾欉幼苗，伊看起來佮其他仐幼苗攏無共款，有可能是新品種仐猴麵包樹。不過，咾欉小灌木真緊著無佫大，伊開始準備開花。小王子看著咾粒赫爾仔大仐花苞，伊心裡感覺一定會出現一蕊足神奇仐花。偏偏咾蕊花一直咧梳妝打扮要恆家己嬌嬌來開，伊覕徛伊青色仐房間內面，誰人都看繪著伊。

Mais celle-là avait germé un jour, d'une graine apportée d'on ne sait où, et le petit prince avait surveillé de très près cette brindille qui ne ressemblait pas aux autres brindilles. Ça pouvait être un nouveau genre de baobab. Mais l'arbuste cessa vite de croître, et commença de préparer une fleur. Le petit prince, qui assistait à l'installation d'un bouton énorme, sentait bien qu'il en sortirait une apparition miraculeuse, mais la fleur n'en finissait pas de se préparer à être belle, à l'abri de sa chambre verte.

伊真細膩選擇家己个色緻，伊沓沓仔穿衫，將花瓣一片一片整理恆好。伊即纏像麗春花共款，歸身軀皺皺著出來見人，伊只肯待家己上美麗个時陣即出現。啊！無錯，伊足愛嬌个！伊煩起來化妝穿衫一工佫一工，然後，有一工，伊待日頭出來个時陣出現。

Elle choisissait avec soin ses couleurs. Elle s'habillait lentement, elle ajustait un à un ses pétales. Elle ne voulait pas sortir toute fripée comme les coquelicots. Elle ne voulait apparaître que dans le plein rayonnement de sa beauté. Eh ! oui. Elle était très coquette ! Sa toilette mystérieuse avait donc duré des jours et des jours. Et puis voici qu'un matin, justement à l'heure du lever du soleil, elle s'était montrée.

呰蕊赫爾仔用心打扮个花，一爿哈肺一爿講：
「啊！我拄仔即精神……歹勢……我抑未梳頭……」
小王子忍不住阿咾伊：
「汝足嬌个！」
「敢唔是，」呰蕊花慢慢仔應講，「我是伊太陽共一個時間出現个……」
小王子猜想呰蕊花唔是蓋謙虛，不過，伊真正足迷人个！

Et elle, qui avait travaillé avec tant de précision, dit en bâillant :
— Ah ! je me réveille à peine... Je vous demande pardon... Je suis encore toute décoiffée...
Le petit prince, alors, ne put contenir son admiration :
— Que vous êtes belle !
— N'est-ce pas, répondit doucement la fleur. Et je suis née en même temps que le soleil...
Le petit prince devina bien qu'elle n'était pas trop modeste, mais elle était si émouvante !

「我想，現在應該是食早頓个時間，」花佫加一句，「嘸知是嘸是會當麻煩汝替我準備……」

小王子足歹勢，趕緊去揜一個沃花个旋罌，替咈蕊花服務。

— C'est l'heure, je crois, du petit déjeuner, avait-elle bientôt ajouté, auriez-vous la bonté de penser à moi...

Et le petit prince, tout confus, ayant été chercher un arrosoir d'eau fraîche, avait servi la fleur.

後來，咈蕊花真緊著恆小王子感覺受拖磨，因為伊真自負，而且有一點仔多疑。比如講，有一工，咈蕊花講著伊个四枝刺，伊對小王子講：

Ainsi l'avait-elle bien vite tourmenté par sa vanité un peu ombrageuse. Un jour, par exemple, parlant de ses quatre épines, elle avait dit au petit prince :

「迂个有爪个老虎，做個來！」

「我个星球頂無老虎，」小王子開喙，「而且，老虎無食草。」

「我唔是草。」花輕聲應一句。

「啊，歹勢……」

「我一點仔都唔驚老虎，但是我足驚惝著風。汝敢無一個屏遮？」

「驚惝著風……對一橛植物來講，這誠不幸，」小王子径心肝內想，「告蕊花真複雜……」

— Ils peuvent venir, les tigres, avec leurs griffes !

— Il n'y a pas de tigres sur ma planète, avait objecté le petit prince, et puis les tigres ne mangent pas d'herbe.

— Je ne suis pas une herbe, avait doucement répondu la fleur.

— Pardonnez-moi...

— Je ne crains rien des tigres, mais j'ai horreur des courants d'air. Vous n'auriez pas un paravent ?

« Horreur des courants d'air... ce n'est pas de chance, pour une plante, avait remarqué le petit prince. Cette fleur est bien compliquée... »

「暗時仔汝幫我蓋一個玻璃罩，汝遮真寒，恁茨安排佮誠無四序，以前我蹛个……」

— Le soir vous me mettrez sous globe. Il fait très froid chez vous. C'est mal installé. Là d'où je viens...

伊突然唔講話，雄雄想著家己來到小王子遮个時陣，只是一粒種子，哪有可能熟似別个所在，花个心內感覺足見笑，家己哪會講出遮爾仔幼稚个白賊話？伊又佫嗽兩三屆，為著欲恆小王子感覺家己唔著，花開喙問：

「屏遮咧？」

「我挂即斡卜去撏，唔佫汝佮我講話啊！」

花一聽著安爾，又佫開始嗽，為著欲責怪小王子。

都是因為安爾，雖然小王子有誠意卜愛咕蕊花，唔佫真緊著發現繪使俙相信伊。小王子將花所講个一寡無啥麼重要个話，看俙俙重，伊變作真憂愁。

Mais elle s'était interrompue. Elle était venue sous forme de graine. Elle n'avait rien pu connaître des autres mondes. Humiliée de s'être laissé surprendre à préparer un mensonge aussi naïf, elle avait toussé deux ou trois fois, pour mettre le petit prince dans son tort :

— Ce paravent ?...

— J'allais le chercher mais vous me parliez !

Alors elle avait forcé sa toux pour lui infliger quand même des remords.

Ainsi le petit prince, malgré la bonne volonté de son amour, avait vite douté d'elle. Il avait pris au sérieux des mots sans importance, et était devenu très malheureux.

「我應該嘸恫聽邠蕊花个話，」小王子有一工對我講，「伯千萬嘸恫聽花个話，伯只要欣賞、鼻個个芳味著好。我个花恆我个星球芳貢貢，嘸俗邠時陣我嘸知影歡喜。老虎爪个故事，雖然恆我真煩，但是這應該會使恆我同情伊即對……」

小王子繼續吐露伊个心情：

「我邠時陣啥麼都無瞭解！我應該用伊个行為來判斷，嘸是用伊講个話，我个花恆我歸個人赫爾仔芳，赫爾仔有光彩，我無應該離開伊！我應該臆出伊藏徎迉个小把戲內面个柔情。花實在是真矛盾！嘸俗我邠時陣倗少年，嘸知影安怎愛伊。」

« J'aurais dû ne pas l'écouter, me confia-t-il un jour, il ne faut jamais écouter les fleurs. Il faut les regarder et les respirer. La mienne embaumait ma planète, mais je ne savais pas m'en réjouir. Cette histoire de griffes, qui m'avait tellement agacé, eût dû m'attendrir... »

Il me confia encore :

« Je n'ai alors rien su comprendre ! J'aurais dû la juger sur les actes et non sur les mots. Elle m'embaumait et m'éclairait. Je n'aurais jamais dû m'enfuir ! J'aurais dû deviner sa tendresse derrière ses pauvres ruses. Les fleurs sont si contradictoires ! Mais j'étais trop jeune pour savoir l'aimer. »

第九章　IX

　　我臆，伊走去佚佗个時陣，一定是迮一陣候鳥走个。佇卜離開
邻早起，小王子好好仔佮家己个星球摒清氣，伊將迄个活火山真細
膩通恆好。活火山，伊有兩座，佇早起卜煮早頓時，這足方便。
小王子嘛有一座死火山，唔佫像伊家己講个：「未來个戴誌誰臆
會著！」所以伊嘛是將死火山通恆好。火山若是有通清氣，個著
會溫溫仔燒，真固定，繪爆炸。火山爆炸著親像煙筒著火共款。
當然，佇地球上，佾倆細，無可能來通火山，所以即有赫爾仔濟
問題。

　　小王子嘛伊最後个一寡猴麵包樹幼欉挽掉，想著家己應該繪佫
轉來，伊个心情有一點仔憂傷。邻工早起，所有伊逐工做个工課
攏變做真有感情。伊最後一屆幫花沃水，然後卜將花园佇玻璃罩
內面个時陣，伊發現家己足想卜哭。

Je crois qu'il profita, pour son évasion, d'une migration d'oiseaux
sauvages. Au matin du départ il mit sa planète bien en ordre. Il ramona
soigneusement ses volcans en activité. Il possédait deux volcans en
activité. Et c'était bien commode pour faire chauffer le petit déjeuner du
matin. Il possédait aussi un volcan éteint. Mais, comme il disait : « On
ne sait jamais ! » Il ramona donc également le volcan éteint. S'ils sont
bien ramonés, les volcans brûlent doucement et régulièrement, sans
éruptions. Les éruptions volcaniques sont comme des feux de cheminée.
Évidemment sur notre Terre nous sommes beaucoup trop petits pour
ramoner nos volcans. C'est pourquoi ils nous causent des tas d'ennuis.

　　Le petit prince arracha aussi, avec un peu de mélancolie, les dernières
pousses de baobabs. Il croyait ne jamais devoir revenir. Mais tous ces
travaux familiers lui parurent, ce matin-là, extrêmement doux. Et,
quand il arrosa une dernière fois la fleur, et se prépara à la mettre à l'abri
sous son globe, il se découvrit l'envie de pleurer.

伊將迓个活火山真細膩通恆好。

Il ramona soigneusement ses volcans en activité.

「再見！」小王子對花講。

嗎佫花無回答伊。

「再見！」小王子佫講一擺。

花開始咳嗽，但是嗎是因為感冒。

「我較早足戇，」花總算開喉，「請汝原諒我，汝愛快樂起來。」

—Adieu, dit-il à la fleur.

Mais elle ne lui répondit pas.

—Adieu, répéta-t-il.

La fleur toussa. Mais ce n'était pas à cause de son rhume.

— J'ai été sotte, lui dit-elle enfin. Je te demande pardon. Tâche d'être heureux.

小王子想繪到家己竟然無被花責備，伊呆呆徛咧，玻璃罩捒徛手內，無法度瞭解花呰種平靜个溫柔。

「我當然嗎愛汝，」花對小王子講，「因為我个嗎著，所以汝一點仔都嗎知影，不而過，汝嗎伊我共款戇。實講，這已經無重要也，請汝愛快樂起來……玻璃罩會使咧收起來，我已經無需要也。」

Il fut surpris par l'absence de reproches. Il restait là tout déconcerté, le globe en l'air. Il ne comprenait pas cette douceur calme.

— Mais oui, je t'aime, lui dit la fleur. Tu n'en as rien su, par ma faute. Cela n'a aucune importance. Mais tu as été aussi sot que moi. Tâche d'être heureux... Laisse ce globe tranquille. Je n'en veux plus.

「也嘸佫風……」

「我無遮爾仔容易感冒……暗時个涼風恆我真爽快，我是一蕊花也。」

「也嘸佫迒个蟲……」

「我若是想要熟似蝴蝶，當然嗎愛忍耐兩、三隻羺毛仔蟲，聽講蝴蝶真嬌。也若無，誰㑁來看我？汝徛㑁走也，去足遠个所在。若是講著迒个野獸，我一點仔都嘸驚，我有爪。」

花佮家己个四枝刺展恆小王子看，像囡仔共款天真。然後伊對小王子講：

「玀安爾拖，足煩分，汝已經決定㑁走，緊走。」

因為花無愛小王子看著伊哭。這是一蕊足驕傲个花……

— Mais le vent...

— Je ne suis pas si enrhumée que ça... L'air frais de la nuit me fera du bien. Je suis une fleur.

— Mais les bêtes...

— Il faut bien que je supporte deux ou trois chenilles si je veux connaître les papillons. Il paraît que c'est tellement beau. Sinon qui me rendra visite ? Tu seras loin, toi. Quant aux grosses bêtes, je ne crains rien. J'ai mes griffes.

Et elle montrait naïvement ses quatre épines. Puis elle ajouta :

— Ne traîne pas comme ça, c'est agaçant. Tu as décidé de partir. Va-t'en.

Car elle ne voulait pas qu'il la vît pleurer. C'était une fleur tellement orgueilleuse...

第十章　X

　　小王子仝星球位置是徛小行星編號三百二十五、三百二十六、三百二十七、三百二十八、三百二十九佮三百三十咑區，所以伊著位遮仝星球開始拜訪，為家己揣一個活動，而且會使得學一寡戴誌。

　　頭一粒星球頂蹛一個國王，伊坐徛一個真簡單唔佫足威嚴仝寶座頂頭，穿一領大紅色仝衫，佁一軀用白色仝鼬鼠皮做仝長袍。

Il se trouvait dans la région des astéroïdes 325, 326, 327, 328, 329 et 330. Il commença donc par les visiter pour y chercher une occupation et pour s'instruire.

Le premier était habité par un roi. Le roi siégeait, habillé de pourpre et d'hermine, sur un trône très simple et cependant majestueux.

「啊！一個老百姓！」國王一看著小王子著安爾講。

小王子心內想：

「唔捌看過我，伊哪會詔我！」

—Ah ! Voilà un sujet ! s'écria le roi quand il aperçut le petit prince.

Et le petit prince se demanda :

« Comment peut-il me reconnaître puisqu'il ne m'a encore jamais vu ! »

 小王子唔知影，對國王來講，世界足簡單，所有仝人攏是老百姓。

Il ne savait pas que, pour les rois, le monde est très simplifié. Tous les hommes sont des sujets.

「行較過來咧，恆我看清楚。」國王對小王子講。伊感覺真光榮終於會當做別人个國王。

小王子个目睭四界揣一個會當坐落來个所在，不而過，星球已經被國王華麗个白鼬鼠皮長袍佔滿，所以伊只好徛咧。同時，小王子感覺真悿，伊開始哈肺。

— Approche-toi que je te voie mieux, lui dit le roi qui était tout fier d'être enfin roi pour quelqu'un.

Le petit prince chercha des yeux où s'asseoir, mais la planète était tout encombrée par le magnifique manteau d'hermine. Il resta donc debout, et, comme il était fatigué, il bâilla.

「有國王在場个時陣，哈肺是一種違背禮貌原則个行為，」國王對小王子講，「我禁止汝哈肺。」

「我忍繪牢，」小王子毋知影卜安怎做，「我旅行足久也，攏無睏……」

「若安爾，」國王講，「我命令汝哈肺。我已經足濟年無看過人哈肺，哈肺應該真心適，來！佮哈肺一屆，這是命令。」

— Il est contraire à l'étiquette de bâiller en présence d'un roi, lui dit le monarque. Je te l'interdis.

— Je ne peux pas m'en empêcher, répondit le petit prince tout confus. J'ai fait un long voyage et je n'ai pas dormi...

— Alors, lui dit le roi, je t'ordonne de bâiller. Je n'ai vu personne bâiller depuis des années. Les bâillements sont pour moi des curiosités. Allons ! bâille encore. C'est un ordre.

「這恆我慄著……我哈繪出來也……」小王子歸面紅絳絳對國王講。

「哞！哞！」國王聽著安爾哞兩聲了後，「若是安爾，我……我命令汝有時陣哈肺有時陣……」

國王喉內嗤嗤呸呸，看起來咧生氣个款。

因為國王最主要是愛伊个權威被服從，伊無法度允准別人違抗伊，這是一個獨裁个君王。不過，也因為伊是一個真好个人，伊个命令攏真合理。

「如果我命令，」國王真自然安爾講，「如果我命令一個將軍變做一隻海鳥，假使將軍無服從，安爾這毋是將軍个毋著，是我个毋著。」

— Ça m'intimide... je ne peux plus... fit le petit prince tout rougissant.

— Hum ! Hum ! répondit le roi. Alors je... je t'ordonne tantôt de bâiller et tantôt de...

Il bredouillait un peu et paraissait vexé.

Car le roi tenait essentiellement à ce que son autorité fût respectée. Il ne tolérait pas la désobéissance. C'était un monarque absolu. Mais, comme il était très bon, il donnait des ordres raisonnables.

« Si j'ordonnais, disait-il couramment, si j'ordonnais à un général de se changer en oiseau de mer, et si le général n'obéissait pas, ce ne serait pas la faute du général. Ce serait ma faute. »

「我敢會使咧坐落來？」小王子用細細个聲音問國王。

「我命令汝坐落來。」國王回答伊，一爿講一爿用真威嚴个模樣佣伊个白鼬鼠皮長袍扭一寡仔過去。

— Puis-je m'asseoir ? s'enquit timidement le petit prince.

— Je t'ordonne de t'asseoir, lui répondit le roi, qui ramena majestueusement un pan de son manteau d'hermine.

小王子感覺真奇怪，迄個星球偌爾仔細，國王是卜統治誰？

「陛下……」伊對國王講，「請原諒我問一個問題……」

「我命令汝問我問題。」國王趕緊回答伊。

「陛下……請問汝統治啥麼？」

「啥麼攏統治。」國王回答伊真簡單。

「啥麼攏統治？」

國王用手真慎重指一下伊家己个星球，佮指邊仔其他个星球佮天頂个星。

「這攏是汝統治个？」小王子問。

「這攏是我統治个……」國王回答。

因為伊不但是獨裁个君王，伊嗎是一個全世界个君王。

「遮个星星敢服從汝？」

「當然，」國王講，「個自開始著服從我，我唔允准無守規矩。」

Mais le petit prince s'étonnait. La planète était minuscule. Sur quoi le roi pouvait-il bien régner ?

— Sire, lui dit-il... je vous demande pardon de vous interroger...

— Je t'ordonne de m'interroger, se hâta de dire le roi.

— Sire... sur quoi régnez-vous ?

— Sur tout, répondit le roi, avec une grande simplicité.

— Sur tout ?

Le roi d'un geste discret désigna sa planète, les autres planètes et les étoiles.

— Sur tout ça ? dit le petit prince

— Sur tout ça... répondit le roi.

Car non seulement c'était un monarque absolu mais c'était un monarque universel.

— Et les étoiles vous obéissent ?

— Bien sûr, lui dit le roi. Elles obéissent aussitôt. Je ne tolère pas l'indiscipline.

佇爾仔大仝權力恆小王子感覺足神奇，如果伊家己嘛有呰種權力，安爾一工內面伊著會使唰看著，唔但四十四擺，連七十二擺，甚至一百擺、兩百擺个夕陽嘛無問題，連椅仔都免徙動！小王子想著伊家己孤單个星球，心內有一點仔哀愁，伊提出勇氣向國王請求：

「我足想欲看夕陽……拜託汝……命令日頭落山……」

「我若是命令一個將軍像蝴蝶共款，位一蕊花飛到另外一蕊，抑是寫一齣悲劇，或者是變做一隻海鳥，如果呰位將軍無執行命令，安爾誰唔著？是伊抑是我？」

「是汝个唔著。」小王子講佮真肯定。

「無錯。伯必須愛要求每一個人做伊做會到个戴誌。」國王佫繼續講，「權威首先愛建立佇理性之上，如果汝命令汝个百姓去跳海，那安爾一定會鬧革命。我有權利要求別人服從，是因為我个命令攏真合理。」

Un tel pouvoir émerveilla le petit prince. S'il l'avait détenu lui-même, il aurait pu assister, non pas à quarante-quatre, mais à soixante-douze, ou même à cent, ou même à deux cents couchers de soleil dans la même journée, sans avoir jamais à tirer sa chaise ! Et comme il se sentait un peu triste à cause du souvenir de sa petite planète abandonnée, il s'enhardit à solliciter une grâce du roi :

— Je voudrais voir un coucher de soleil... Faites-moi plaisir... Ordonnez au soleil de se coucher...

— Si j'ordonnais à un général de voler d'une fleur à l'autre à la façon d'un papillon, ou d'écrire une tragédie, ou de se changer en oiseau de mer, et si le général n'exécutait pas l'ordre reçu, qui, de lui ou de moi, serait dans son tort ?

— Ce serait vous, dit fermement le petit prince.

— Exact. Il faut exiger de chacun ce que chacun peut donner, reprit le roi. L'autorité repose d'abord sur la raison. Si tu ordonnes à ton peuple d'aller se jeter à la mer, il fera la révolution. J'ai le droit d'exiger l'obéissance parce que mes ordres sont raisonnables.

「那安爾我个夕陽？」小王子佫提醒國王一屆，伊只要問問題著繪放繪記。

「汝个夕陽，汝一定看會著，我會要求日頭。嗯佫根據我統治个知識，我必須愛等待情勢適合个時陣。」

— Alors mon coucher de soleil ? rappela le petit prince qui jamais n'oubliait une question une fois qu'il l'avait posée.

— Ton coucher de soleil, tu l'auras. Je l'exigerai. Mais j'attendrai, dans ma science du gouvernement, que les conditions soient favorables.

「安爾是啥麼時陣？」小王子佫確認一屆。

「哗！哗！」國王出聲應小王子，伊先翻開一本足大本个曆日，「哗！哗！這差不多徑……徑……今仔日暗時七點四十分！汝到時著知影我个話無人敢嗯聽。」

小王子又佫哈肺。看繪著夕陽恆伊感覺真可惜，而且伊開始有一點仔無聊：

「我徑遮無啥麼戴誌好做，」伊對國王講，「我要斟來走也！」

「繪走，」真光榮會當有一個老百姓个國王講，「繪走，我封汝做部長！」

— Quand ça sera-t-il ? s'informa le petit prince.

— Hem ! Hem ! lui répondit le roi, qui consulta d'abord un gros calendrier, hem ! hem ! ce sera, vers... vers... ce sera ce soir vers sept heures quarante ! Et tu verras comme je suis bien obéi.

Le petit prince bâilla. Il regrettait son coucher de soleil manqué. Et puis il s'ennuyait déjà un peu :

— Je n'ai plus rien à faire ici, dit-il au roi. Je vais repartir !

— Ne pars pas, répondit le roi qui était si fier d'avoir un sujet. Ne pars pas, je te fais ministre !

「啥麼部長？」

「嗯⋯⋯司法部長！」

「啊佫無人好審判！」

「伯呣知影，」國王對伊講，「我猶未將我个王國巡一輾。我已經有歲也，無所在好园馬車，行路佫𤺅惝。」

「噢！我已經看過也，」小王子拄即已經揞頭去看星球个另外一爿，「𨑨迌嗎無人⋯⋯」

— Ministre de quoi ?

— De... de la justice !

— Mais il n'y a personne à juger !

— On ne sait pas, lui dit le roi. Je n'ai pas fait encore le tour de mon royaume. Je suis très vieux, je n'ai pas de place pour un carrosse, et ça me fatigue de marcher.

— Oh ! Mais j'ai déjà vu, dit le petit prince qui se pencha pour jeter encore un coup d'œil sur l'autre côté de la planète. Il n'y a personne là-bas non plus...

「那安爾，汝會使審判汝家己。」國王回答講，「這是上困難个，審判家己比審判別人佫較困難。如果汝做會到好好仔審判家己，這表示汝是一個真正有智慧个人。」

「我，」小王子講，「我會使徛任何所在審判我家己，我無需要踮徛遮。」

— Tu te jugeras donc toi-même, lui répondit le roi. C'est le plus difficile. Il est bien plus difficile de se juger soi-même que de juger autrui. Si tu réussis à bien te juger, c'est que tu es un véritable sage.

— Moi, dit le petit prince, je puis me juger moi-même n'importe où. Je n'ai pas besoin d'habiter ici.

「哼！哼！」國王講，「我臆徛我个星球面頂个唔知啥麼所在，有一隻老鳥鼠，我暗時攏會聽著，汝會使審判咘隻老鳥鼠。汝有時陣著佣判死刑，如此一來，伊个生命著掌握徛汝个手頭。不過，汝逐屆都愛佣赦免，因為伯乾那一隻爾爾，愛儉咧用。」

「我，」小王子回答，「我無愛判人死刑，我想我欲來走也。」

「唔准。」國王講。

— Hem ! Hem ! dit le roi, je crois bien que sur ma planète il y a quelque part un vieux rat. Je l'entends la nuit. Tu pourras juger ce vieux rat. Tu le condamneras à mort de temps en temps. Ainsi sa vie dépendra de ta justice. Mais tu le gracieras chaque fois pour l'économiser. Il n'y en a qu'un.

— Moi, répondit le petit prince, je n'aime pas condamner à mort, et je crois bien que je m'en vais.

— Non, dit le roi.

小王子準備好了後，為著無愛傷害咘個老君王，伊對國王講：

「如果陛下希望人真正服從汝，請恆我一個合理个命令，比如講，陛下會使命令我徛一分鐘以內離開，我感覺現在个情勢應該適合……」

Mais le petit prince, ayant achevé ses préparatifs, ne voulut point peiner le vieux monarque :

— Si Votre Majesté désirait être obéie ponctuellement, elle pourrait me donner un ordre raisonnable. Elle pourrait m'ordonner, par exemple, de partir avant une minute. Il me semble que les conditions sont favorables...

國王啥麼都無應，小王子起頭有一點仔跙躕，然後，伊吐一口氣了後著走也。

　　「我恆汝做大使。」國王趕緊大聲喊。

　　伊真有威權个氣派。

　　「大人實在足奇怪。」小王子徑旅途中對家己安爾講。

　　Le roi n'ayant rien répondu, le petit prince hésita d'abord, puis, avec un soupir, prit le départ.

　　— Je te fais mon ambassadeur, se hâta alors de crier le roi.

　　Il avait un grand air d'autorité.

　　« Les grandes personnes sont bien étranges », se dit le petit prince, en lui-même, durant son voyage.

第十一章　XI

第二粒星球面頂蹛一個自負个人：

「啊！啊！來一個仰慕者！」伊遠遠一看著小王子著安爾喝。

因為，對自負个人來講，其他个人攏是仰慕者。

「汝好！」小王子對伊講，「汝个帽仔足奇怪。」

「這是為著欲答禮用个，」自負个人應小王子，「人若對我拍噗仔个時陣，我著用這答禮。真可惜攏無人位遮經過。」

「真个？」小王子繪當瞭解。

「汝將一支手倚去拍另外一支手。」自負个人建議小王子。

La seconde planète était habitée par un vaniteux :

— Ah ! Ah ! Voilà la visite d'un admirateur ! s'écria de loin le vaniteux dès qu'il aperçut le petit prince.

Car, pour les vaniteux, les autres hommes sont des admirateurs.

— Bonjour, dit le petit prince. Vous avez un drôle de chapeau.

— C'est pour saluer, lui répondit le vaniteux. C'est pour saluer quand on m'acclame. Malheureusement il ne passe jamais personne par ici.

— Ah oui ? dit le petit prince qui ne comprit pas.

— Frappe tes mains l'une contre l'autre, conseilla donc le vaniteux.

小王子將一支手倚去拍另外一支手，自負个人伊帽仔小可溜起來。

「這比去看邰個國王較趣味。」小王子心內安爾想。伊佫開始拍噗仔，自負个人著佫伊家己个帽仔溜起來答禮。

拍噗仔五分鐘了後，小王子感覺這真單調：

「若是卦恆帽仔落落來，」小王子問伊，「愛安怎做？」

唔佫自負个人攏無聽著，個呰種人乾那聽會著別人个阿咾話爾爾。

「汝是唔是真正足仰慕我？」伊問小王子。

「『仰慕』是啥麼意思？」

「『仰慕』个意思是，承認我是呰個星球頂上緣投、穿上嬌、上好額佫上巧个人。」

Le petit prince frappa ses mains l'une contre l'autre. Le vaniteux salua modestement en soulevant son chapeau.

« Ça c'est plus amusant que la visite au roi », se dit en lui-même le petit prince. Et il recommença de frapper ses mains l'une contre l'autre. Le vaniteux recommença de saluer en soulevant son chapeau.

Après cinq minutes d'exercice le petit prince se fatigua de la monotonie du jeu :

— Et, pour que le chapeau tombe, demanda-t-il, que faut-il faire ?

Mais le vaniteux ne l'entendit pas. Les vaniteux n'entendent jamais que les louanges.

— Est-ce que tu m'admires vraiment beaucoup ? demanda-t-il au petit prince.

— Qu'est-ce que signifie « admirer » ?

— « Admirer » signifie reconnaître que je suis l'homme le plus beau, le mieux habillé, le plus riche et le plus intelligent de la planète.

「嘪佫汝遮乾那汝一個人！」

「恆我歡喜一下，仰慕我吧！」

「我仰慕汝，」小王子趄講趄戲肩，「嘪佫這到底有啥麼恆汝
偌爾仔重視？」

小王子趕緊離開。

「大人確實有影奇怪。」小王子一爿對家己安爾講，一爿繼續
旅行。

— Mais tu es seul sur ta planète !

— Fais-moi ce plaisir. Admire-moi quand même !

— Je t'admire, dit le petit prince, en haussant un peu les épaules,
mais en quoi cela peut-il bien t'intéresser ?

Et le petit prince s'en fut.

« Les grandes personnes sont décidément bien bizarres », se dit-il
simplement en lui-même durant son voyage.

第十二章　XII

後一個星球頂頭蹛一個酒徒。呰個拜訪足短，呣佫恆小王子歸個心肝真艱苦：

「汝徛遮做啥麼？」小王子問伊。呰個人恬恬坐徛兩堆酒矸頭前，一堆是空个，一堆是猶未開个。

「我㧣啉酒。」酒徒回答，伊个面色看起來真悲傷。

La planète suivante était habitée par un buveur. Cette visite fut très courte mais elle plongea le petit prince dans une grande mélancolie :

— Que fais-tu là ? dit-il au buveur, qu'il trouva installé en silence devant une collection de bouteilles vides et une collection de bouteilles pleines.

— Je bois, répondit le buveur, d'un air lugubre.

「汝為啥麼啉酒？」小王子問伊。

「為著欲放繪記。」酒徒回答。

「放繪記啥麼？」小王子又佫問，伊真同情呰個人。

「放繪記我个恥辱。」酒徒趄講趄揞頭。

— Pourquoi bois-tu ? lui demanda le petit prince.

— Pour oublier, répondit le buveur.

— Pour oublier quoi ? s'enquit le petit prince qui déjà le plaignait.

— Pour oublier que j'ai honte, avoua le buveur en baissant la tête.

「啥麼恥辱？」小王子繼續問，伊想卜幫助呰個人。
「啉酒个恥辱！」酒徒一咧講煞著無佫再出聲。

— Honte de quoi ? s'informa le petit prince qui désirait le secourir.
— Honte de boire ! acheva le buveur qui s'enferma définitivement
dans le silence.

繪當瞭解仒小王子，離開旮個星球。
　「大人確實非常、非常奇怪。」小王子趔想趔繼續伊仒旅程。

Et le petit prince s'en fut, perplexe.
« Les grandes personnes sont décidément très très bizarres », se disait-il en lui-même durant le voyage.

第十三章 XIII

第四粒星球是生理人个星球。眚個人無閒伊連小王子來个時陣都無伊頭攑起來。

「汝好！汝个熏化去也。」小王子對伊講。

「二加三是五；五加七，十二；十二加三，十五。汝好！十五加七，二十二；二十二加六，二十八。我無時間佮伊點著。二十六加五，三十一。呼！所以總共有五億空一百六十二萬兩千七百三十一。」

「五億啥麼？」

「嗯？汝猶佇遮？五億空一百萬个……我獪記咧也……我工課俫濟！我是足正經个人，我，我即無時間講一寡廢話！二加五，七……」

「五億空一百萬个啥麼？」小王子佫問一屆，伊從來都唔訓放棄伊提出个問題。

La quatrième planète était celle du businessman. Cet homme était si occupé qu'il ne leva même pas la tête à l'arrivée du petit prince.

— Bonjour, lui dit celui-ci. Votre cigarette est éteinte.

— Trois et deux font cinq. Cinq et sept douze. Douze et trois quinze. Bonjour. Quinze et sept vingt-deux. Vingt-deux et six vingt-huit. Pas le temps de la rallumer. Vingt-six et cinq trente et un. Ouf ! Ça fait donc cinq cent un millions six cent vingt-deux mille sept cent trente et un.

— Cinq cents millions de quoi ?

— Hein ? Tu es toujours là ? Cinq cent un millions de... je ne sais plus... j'ai tellement de travail ! Je suis sérieux, moi, je ne m'amuse pas à des balivernes ! Deux et cinq sept...

— Cinq cent un millions de quoi ? répéta le petit prince qui jamais de sa vie n'avait renoncé à une question, une fois qu'il l'avait posée.

生理人伊頭攑起來：

「我蹛遮五十四年來，乾那被攪擾過三擺。頭一擺是二十二年前，有一隻毋知位郎位來个鰎角金龜，伊發出个聲音赫爾仔驚人，害我算毋著四個數字。第二擺是十一年前，因為我个風濕病，我攏無運動，我無迒个閒工。我是足正經个人，我。阿第三擺著是汝！我拄即講五億空一百萬……」

Le businessman leva la tête :

— Depuis cinquante-quatre ans que j'habite cette planète-ci, je n'ai été dérangé que trois fois. La première fois ç'a été, il y a vingt-deux ans, par un hanneton qui était tombé Dieu sait d'où. Il répandait un bruit épouvantable, et j'ai fait quatre erreurs dans une addition. La seconde fois ç'a été, il y a onze ans, par une crise de rhumatisme. Je manque d'exercice. Je n'ai pas le temps de flâner. Je suis sérieux, moi. La troisième fois... la voici ! Je disais donc cinq cent un millions...

「百萬个啥麼?」
生理人知影家己若無插小王子著無可能清靜:
「百萬个細項物仔,有時仔伯會當看著,徛天頂。」
「胡蠅?」
「無啦!是會發光个。」
「蜜蜂?」
「呣是啦!是會恆貧憚人作夢个,金熠熠个細項物仔。呣佫我
是足正經个人,我!我即無時間作夢咧。」
「啊!星仔?」
「著,都是星仔。」

— Millions de quoi ?
Le businessman comprit qu'il n'était point d'espoir de paix :
— Millions de ces petites choses que l'on voit quelquefois dans le ciel.
— Des mouches ?
— Mais non, des petites choses qui brillent.
— Des abeilles ?
— Mais non. Des petites choses dorées qui font rêvasser les fainéants.
Mais je suis sérieux, moi ! Je n'ai pas le temps de rêvasser.
— Ah ! des étoiles ?
— C'est bien ça. Des étoiles.

「汝夆用五億个星仔來做啥麼?」
「五億空一百六十二萬兩千七百三十一,我是足正經个人,
我,我真精確。」

— Et que fais-tu de cinq cents millions d'étoiles ?
— Cinq cent un millions six cent vingt-deux mille sept cent trente et
un. Je suis sérieux, moi, je suis précis.

「汝欲用遮个星仔來做啥麼？」

「我欲做啥麼？」

「著。」

「啥麼攏無做，我擁有個。」

「汝擁有遮个星仔？」

「著。」

「姆佫我詗看過一個國王，伊……」

「國王個無擁有，個『統治』，這差足濟。」

— Et que fais-tu de ces étoiles ?

— Ce que j'en fais ?

— Oui.

— Rien. Je les possède.

— Tu possèdes les étoiles ?

— Oui.

— Mais j'ai déjà vu un roi qui...

— Les rois ne possèdent pas. Ils « règnent » sur. C'est très différent.

「擁有遮个星仔有啥麼路用？」

「會使恆我變好額。」

「變好額有啥麼路用？」

「會使佫買較濟个星仔，如果有人揣著。」

「呰個人，」小王子心肝內安爾想，「考慮戴誌个方法有一點仔成我看過个酒徒。」

— Et à quoi cela te sert-il de posséder les étoiles ?

— Ça me sert à être riche.

— Et à quoi cela te sert-il d'être riche ?

— À acheter d'autres étoiles, si quelqu'un en trouve.

« Celui-là, se dit en lui-même le petit prince, il raisonne un peu comme mon ivrogne. »

嘸佫伊繼續提出問題：

「佰安怎即會使咧擁有遮个星仔？」

「個是啥人个？」生理人歹聲歹哨反問小王子。

「我嘸知，無人个。」

「那安爾，個著是我个，因為是我頭一個想著个。」

「安爾著會使咧？」

「當然。汝若搝著一粒磺石，無人个，伊著是汝个；汝若是搝著一座島，無人个，伊著是汝个；汝若是頭一個人有一個創見，汝去申請專利，伊著是汝个。 我，我擁有遮个星，因為徂我以前，無人想著卜擁有個。」

「這是有影，」小王子講，「安爾，汝用遮个星來做啥麼？」

「我管理遮个星，我算個个數量，一擺佫一擺。」生理人講，「告個工課足困難，嘸佫我是一個真正經个人！」

Cependant il posa encore des questions :

— Comment peut-on posséder les étoiles ?

— À qui sont-elles ? riposta, grincheux, le businessman.

— Je ne sais pas. À personne.

— Alors elles sont à moi, car j'y ai pensé le premier.

— Ça suffit ?

— Bien sûr. Quand tu trouves un diamant qui n'est à personne, il est à toi. Quand tu trouves une île qui n'est à personne, elle est à toi. Quand tu as une idée le premier, tu la fais breveter : elle est à toi. Et moi je possède les étoiles, puisque jamais personne avant moi n'a songé à les posséder.

— Ça c'est vrai, dit le petit prince. Et qu'en fais-tu ?

— Je les gère. Je les compte et je les recompte, dit le businessman. C'est difficile. Mais je suis un homme sérieux !

小王子猶原無滿意。

「我，如果我有一條圍巾，我會使咧伊伊圍佇領頸，然後扲咧四界去；如果我有一蕊花，我會使咧伊伊挽落來，然後將伊扲佇身邊。但是，汝繪使咧挽星仔啊！」

「我是繪使咧挽星仔，但是我會使將個囥佇銀行。」

「這是啥麼意思？」

「意思是我將我个星个數量寫佇一張細張紙頂頭，然後將咗張紙用鎖匙鎖佇一個屜仔內面。」

「安爾著好？」

「安爾著會使咧！」

「這真心適，」小王子心肝內想，「這足有詩意，唔佫無啥正經。」

小王子所認為个正經戴誌佮大人真無共款。

Le petit prince n'était pas satisfait encore.

— Moi, si je possède un foulard, je puis le mettre autour de mon cou et l'emporter. Moi, si je possède une fleur, je puis cueillir ma fleur et l'emporter. Mais tu ne peux pas cueillir les étoiles !

— Non, mais je puis les placer en banque.

— Qu'est-ce que ça veut dire ?

— Ça veut dire que j'écris sur un petit papier le nombre de mes étoiles. Et puis j'enferme à clef ce papier-là dans un tiroir.

— Et c'est tout ?

— Ça suffit !

« C'est amusant, pensa le petit prince. C'est assez poétique. Mais ce n'est pas très sérieux. »

Le petit prince avait sur les choses sérieuses des idées très différentes des idées des grandes personnes.

「我，」小王子繼續講，「我有一蕊花，我逐工幫伊沃水；我有三座火山，我逐禮拜伊個通清氣，因為我嘛通邻座死火山，預防萬一。我擁有我个花伊我个火山，對個來講真有路用。嘸佫汝對星仔來講，無啥麼路用……」

生理人喙掰開開，但是講燴出話，然後小王子著離開咘個星球。

「大人實在有影足奇怪。」伊一丬行一丬對家己安爾講。

— Moi, dit-il encore, je possède une fleur que j'arrose tous les jours. Je possède trois volcans que je ramone toutes les semaines. Car je ramone aussi celui qui est éteint. On ne sait jamais. C'est utile à mes volcans, et c'est utile à ma fleur, que je les possède. Mais tu n'es pas utile aux étoiles...

Le businessman ouvrit la bouche mais ne trouva rien à répondre, et le petit prince s'en fut.

« Les grandes personnes sont décidément tout à fait extraordinaires », se disait-il simplement en lui-même durant le voyage.

第五個星球非常稀奇，伊是所有个星球內面上細个，乾那會使
咧栽一支路燈佮徛一個點燈人。雖然小王子無法度瞭解徛天頂，
一個無茨無人口个星球，一支路燈佮一個點燈人有啥麼路用，唔
佮伊對家己講：

La cinquième planète était très curieuse. C'était la plus petite de
toutes. Il y avait là juste assez de place pour loger un réverbère et un
allumeur de réverbères. Le petit prince ne parvenait pas à s'expliquer
à quoi pouvaient servir, quelque part dans le ciel, sur une planète
sans maison ni population, un réverbère et un allumeur de réverbères.
Cependant, il se dit en lui-même :

「著算講有可能咭個人戇呆戇呆，但是伊佮國王、自負个人、
生理人以及酒徒比起來，並無赫爾仔戇，至少伊个工課有意義。
伊將路燈點著个時陣，著親像伊恆一粒星抑是一蕊花誕生共款；
伊將路燈創化个時陣，花抑是星仔著會使咧睏。這是一種真美麗
个工課，咭種工課確實有路用，因為伊嬌。」

« Peut-être bien que cet homme est absurde. Cependant il est moins
absurde que le roi, que le vaniteux, que le businessman et que le buveur.
Au moins son travail a-t-il un sens. Quand il allume son réverbère, c'est
comme s'il faisait naître une étoile de plus, ou une fleur. Quand il éteint
son réverbère, ça endort la fleur ou l'étoile. C'est une occupation très
jolie. C'est véritablement utile puisque c'est joli. »

小王子到位時，伊用足尊敬个態度向點燈人拍招呼：
「汝好！為啥麼汝拄仔佃路燈創化？」
「這是命令，」點燈人回答，「早安！」
「啥麼命令？」
「愛將路燈創化，晚安！」
點燈人又佫將路燈點著。

Lorsqu'il aborda la planète il salua respectueusement l'allumeur :
— Bonjour. Pourquoi viens-tu d'éteindre ton réverbère ?
— C'est la consigne, répondit l'allumeur. Bonjour.
— Qu'est-ce que la consigne ?
— C'est d'éteindre mon réverbère. Bonsoir.
Et il le ralluma.

「為啥麼汝又佫將路燈點著？」
「這是命令。」點燈人回答。
「我無瞭解汝个意思。」小王子講。
「無啥麼需要瞭解，」點燈人講，「命令著是命令。早安！」
點燈人將路燈創化。

— Mais pourquoi viens-tu de le rallumer ?
— C'est la consigne, répondit l'allumeur.
— Je ne comprends pas, dit le petit prince.
— Il n'y a rien à comprendre, dit l'allumeur. La consigne c'est la
consigne. Bonjour.
Et il éteignit son réverbère.

然後伊搝出一條有紅格仔个手巾仔拭頭額。

　　「我食个頭路實在是恆人擋𣍐牢。以前是較合理，我早起創化，暗時點著，日時有賰个時間我著會使咧歇困，暗時有賰个時間我著會使咧去眠床頂睏⋯⋯」

Puis il s'épongea le front avec un mouchoir à carreaux rouges.

— Je fais là un métier terrible. C'était raisonnable autrefois. J'éteignais le matin et j'allumais le soir. J'avais le reste du jour pour me reposer, et le reste de la nuit pour dormir...

　　「後來咁個命令有改變？」

　　「命令無改變，」點燈人講，「這即壞！星球轉著一年比一年緊，偏偏命令無改變！」

　　「續來？」小王子問伊。

　　「續來即馬星球一分鐘轉一輾，我連一秒都𣍐當歇困。每一分鐘我都愛點著一擺創化一擺！」

— Et, depuis cette époque, la consigne a changé ?

— La consigne n'a pas changé, dit l'allumeur. C'est bien là le drame ! La planète d'année en année a tourné de plus en plus vite, et la consigne n'a pas changé !

— Alors ? dit le petit prince.

— Alors maintenant qu'elle fait un tour par minute, je n'ai plus une seconde de repos. J'allume et j'éteins une fois par minute !

「這實在真趣味！徦汝兜，一工乾那一分鐘爾爾！」
「這一點仔都無趣味，」點燈人講，「伯安爾講話个時陣，一個月已經過去也。」
「一個月？」
「無錯，三十分鐘，三十工！晚安！」
點燈人又佫伊路燈點著。

— Ça c'est drôle ! Les jours chez toi durent une minute !
— Ce n'est pas drôle du tout, dit l'allumeur. Ça fait déjà un mois que nous parlons ensemble.
— Un mois ?
— Oui. Trente minutes. Trente jours ! Bonsoir.
Et il ralluma son réverbère.

小王子目睭金金看點燈人，伊真愛咥個對命令赫爾仔忠實个人。小王子會記咧家己以前為著卜看夕陽，徙動椅仔个方法，伊想卜幫助伊个朋友：
「汝知麼……我知影一個方法，會使咧恆汝想卜歇困著歇困……」
「我一直想卜歇困。」點燈人講。
因為伯會使咧忠實，同時又佫貧憚。

Le petit prince le regarda et il aima cet allumeur qui était tellement fidèle à la consigne. Il se souvint des couchers de soleil que lui-même allait autrefois chercher, en tirant sa chaise. Il voulut aider son ami :
— Tu sais... je connais un moyen de te reposer quand tu voudras...
— Je veux toujours, dit l'allumeur.
Car on peut être, à la fois, fidèle et paresseux.

我食个頭路實在是恆人擋獪牢。

Je fais là un métier terrible.

小王子繼續講：

「汝爻星球偌爾仔細，踏三大步著行一輾，汝只要行足慢，慢伊會使咧一直照著日頭，安爾逐屆汝想對歇困爻時陣，汝著行路……汝希望日時若長著若長。」

「這對我無啥麼幫助，」點燈人講，「我生活中上愛爻，著是睏。」

Le petit prince poursuivit :

— Ta planète est tellement petite que tu en fais le tour en trois enjambées. Tu n'as qu'à marcher assez lentement pour rester toujours au soleil. Quand tu voudras te reposer tu marcheras... et le jour durera aussi longtemps que tu voudras.

— Ça ne m'avance pas à grand-chose, dit l'allumeur. Ce que j'aime dans la vie, c'est dormir.

「這實在歹運。」小王子講。

「這實在歹運。」點燈人講，「早安！」

伊將路燈創化。

「呰個人，」小王子後來徑旅途中對家己講，「呰個人可能恆逐家攏看無，包括國王、自負爻人、酒徒佮生理人。嗯佫對我來講，只有伊即嗯是一個好笑爻人。可能，因為伊嗯是乾那想著家己爾爾。」

— Ce n'est pas de chance, dit le petit prince.

— Ce n'est pas de chance, dit l'allumeur. Bonjour.

Et il éteignit son réverbère.

« Celui-là, se dit le petit prince, tandis qu'il poursuivait plus loin son voyage, celui-là serait méprisé par tous les autres, par le roi, par le vaniteux, par le buveur, par le businessman. Cependant c'est le seul qui ne me paraisse pas ridicule. C'est, peut-être, parce qu'il s'occupe d'autre chose que de soi-même. »

小王子輕輕吐一口氣,感覺有一點仔遺憾,伊佫對家己講:

「呰個人是唯一會使咧做朋友个,但是伊个星球實在是太細,無法度蹛兩個人……」

其實,小王子歹勢承認,伊合意呰個好星球,呣甘咧離開个原因,最主要是呰個所在,每二十四小時著有一千四百四十擺个夕陽!

Il eut un soupir de regret et se dit encore :

« Celui-là est le seul dont j'eusse pu faire mon ami. Mais sa planète est vraiment trop petite. Il n'y a pas de place pour deux... »

Ce que le petit prince n'osait pas s'avouer, c'est qu'il regrettait cette planète bénie à cause, surtout, des mille quatre cent quarante couchers de soleil par vingt-quatre heures !

第十五章　XV

　　第六個星球比頭前个大十倍，頂頭踤一個老先生，伊寫一寡足大本个冊。

　　「啊！來一個探險家！」伊一看著小王子著安爾喝。

　　小王子倚桌仔坐落來，有一點仔喘，伊旅行足久嘍！

　　「汝位佗來？」老先生問伊。

　　「呰本厚冊是啥麼冊？」小王子問老先生，「汝徛遮做啥麼？」

　　「我是地理學家。」老先生講。

　　「地理學家是啥麼？」

　　「這是一個學者，伊知影啥麼所在有海洋、江河、市鎮、山巒佮沙漠。」

　　La sixième planète était une planète dix fois plus vaste. Elle était habitée par un vieux monsieur qui écrivait d'énormes livres.

　　— Tiens ! Voilà un explorateur ! s'écria-t-il, quand il aperçut le petit prince.

　　Le petit prince s'assit sur la table et souffla un peu. Il avait déjà tant voyagé !

　　— D'où viens-tu ? lui dit le vieux monsieur.

　　— Quel est ce gros livre ? dit le petit prince. Que faites-vous ici ?

　　— Je suis géographe, dit le vieux monsieur.

　　— Qu'est-ce qu'un géographe ?

　　— C'est un savant qui connaît où se trouvent les mers, les fleuves, les villes, les montagnes et les déserts.

「這有影真心適，」小王子講，「這即是真正个頭路！」

一講煞，小王子目睭四界看看咧，伊從來都毋捌看過遮爾仔壯觀个星球。

— Ça c'est bien intéressant, dit le petit prince. Ça c'est enfin un véritable métier !

Et il jeta un coup d'œil autour de lui sur la planète du géographe. Il n'avait jamais vu encore une planète aussi majestueuse.

「汝个星球足嬌兮，敢有海？」

「我無法度知影。」地理學家講。

「啊！(小王子足失望) 那安爾敢有山？」

「我無法度知影。」地理學家講。

「敢有市鎮、江河佮沙漠？」

「我嘛無法度知影。」地理學家講。

「但是汝是地理學家啊！」

— Elle est bien belle, votre planète. Est-ce qu'il y a des océans ?

— Je ne puis pas le savoir, dit le géographe.

—Ah ! (Le petit prince était déçu.) Et des montagnes ?

— Je ne puis pas le savoir, dit le géographe.

— Et des villes et des fleuves et des déserts ?

— Je ne puis pas le savoir non plus, dit le géographe.

— Mais vous êtes géographe !

　「無錯，」地理學家講，「嗨佫我嗨是探險家，我上欠个著是探險家。並嗨是地理學家愛去計算市鎮、江河、山巒、海洋佮沙漠，呰種學者太重要，所以無時間去四界趖。伊繪離開伊个研究室，但是伊會佮探險家見面，伊會問個問題，將個知影个戴誌寫落來。如果地理學家對其中一位探險家所講个有興趣，伊著會調查呰個人个品行。」

— C'est exact, dit le géographe, mais je ne suis pas explorateur. Je manque absolument d'explorateurs. Ce n'est pas le géographe qui va faire le compte des villes, des fleuves, des montagnes, des mers, des océans et des déserts. Le géographe est trop important pour flâner. Il ne quitte pas son bureau. Mais il y reçoit les explorateurs. Il les interroge, et il prend en note leurs souvenirs. Et si les souvenirs de l'un d'entre eux lui paraissent intéressants, le géographe fait faire une enquête sur la moralité de l'explorateur.

「為啥麼？」

「因為若是探險家講白賊，安爾著會佮地理冊製造大麻煩。猶佫有啉傷濟酒个探險家嘛繪使咧。」

「為啥麼？」小王子又佫問。

「因為酒徒目瞤花花會佮物件看雙重，那安爾，地理學家著會將一座山記錄做兩座，事實上，乾那一座爾爾。」

「我熟似一個人，」小王子講，「伊可能唔是一個好个探險家。」

— Pourquoi ça ?

— Parce qu'un explorateur qui mentirait entraînerait des catastrophes dans les livres de géographie. Et aussi un explorateur qui boirait trop.

— Pourquoi ça ? fit le petit prince.

— Parce que les ivrognes voient double. Alors le géographe noterait deux montagnes, là où il n'y en a qu'une seule.

— Je connais quelqu'un, dit le petit prince, qui serait mauvais explorateur.

「這有可能。好！伯講一個探險家个品行若是看起來繪穩，伯著會使咧調查伊个發現成果。」

「伯來去現場看？」

「無，這傷複雜，不過，伯會要求探險家愛提供證物。比如講，若是發現一座懸山，伯會要求探險家愛提供一寡大石頭。」

地理學家突然間激動起來。

— C'est possible. Donc, quand la moralité de l'explorateur paraît bonne, on fait une enquête sur sa découverte.

— On va voir ?

— Non. C'est trop compliqué. Mais on exige de l'explorateur qu'il fournisse des preuves. S'il s'agit par exemple de la découverte d'une grosse montagne, on exige qu'il en rapporte de grosses pierres.

Le géographe soudain s'émut.

「汝，汝位足遠个所在來！汝是探險家！汝會使咧對我形容汝个星球！」

地理學家將伊个登記簿拍開，又佫削鉛筆。佢先用鉛筆將探險家所講个寫落來，然後，佢等個將證物攑來了後，則佫用墨汁來寫。

— Mais toi, tu viens de loin ! Tu es explorateur ! Tu vas me décrire ta planète !

Et le géographe, ayant ouvert son registre, tailla son crayon. On note d'abord au crayon les récits des explorateurs. On attend, pour noter à l'encre, que l'explorateur ait fourni des preuves.

「汝欲開始未？」地理學家問伊。

「噢！徑佤兜，」小王子講，「啊是真趣味，足細矣。我有三座火山，兩座是活个，一座是死个，啊佫未來个戴誌誰臆會著。」

「未來个戴誌誰臆會著。」地理學家講。

「我嘛有一蕊花。」

「佢無記錄花。」地理學家講。

「啥麼！這是上嬌个！」

「因為花是暫時个。」

— Alors ? interrogea le géographe.

— Oh ! chez moi, dit le petit prince, ce n'est pas très intéressant, c'est tout petit. J'ai trois volcans. Deux volcans en activité, et un volcan éteint. Mais on ne sait jamais.

— On ne sait jamais, dit le géographe.

— J'ai aussi une fleur.

— Nous ne notons pas les fleurs, dit le géographe.

— Pourquoi ça ! c'est le plus joli !

— Parce que les fleurs sont éphémères.

「『暫時』是啥麼意思？」

「地理冊是所有个冊內面上可靠个，」地理學家講，「個永遠 繪過時。山真罕徙動，海真罕變焨，伯寫个是永遠繪變个事物。」

「嘸佫死火山有可能會佫活起來，」小王子插話講，「『暫 時』是啥麼意思？」

「無論火山是死个抑是活个，對伯來講是共款个，」地理學家 講，「伯所重視个，是山，伊繪變。」

— Qu'est-ce que signifie « éphémère » ?

— Les géographies, dit le géographe, sont les livres les plus sérieux de tous les livres. Elles ne se démodent jamais. Il est très rare qu'une montagne change de place. Il est très rare qu'un océan se vide de son eau. Nous écrivons des choses éternelles.

— Mais les volcans éteints peuvent se réveiller, interrompit le petit prince. Qu'est-ce que signifie « éphémère » ?

— Que les volcans soient éteints ou soient éveillés, ça revient au même pour nous autres, dit le géographe. Ce qui compte pour nous, c'est la montagne. Elle ne change pas.

「嘸佫，『暫時』是啥麼意思？」小王子又佫問一擺，伊從來 嘸訓放棄家己提出个問題。

「意思是『無若久著會消失』。」

— Mais qu'est-ce que signifie « éphémère » ? répéta le petit prince qui, de sa vie, n'avait renoncé à une question, une fois qu'il l'avait posée.

— Ça signifie « qui est menacé de disparition prochaine ».

「我个花無若久著會消失？」

「當然。」

「我个花是暫時个，」小王子徑心肝內想，「伊乾那有四枝刺來對付迄個世界！我竟然將伊孤單一人留徑阮兜！」

— Ma fleur est menacée de disparition prochaine ?

— Bien sûr.

« Ma fleur est éphémère, se dit le petit prince, et elle n'a que quatre épines pour se défendre contre le monde ! Et je l'ai laissée toute seule chez moi ! »

這是小王子頭一擺感覺後悔，但是伊又佫提出勇氣：

「如果欲參觀一個所在，汝建議我去佗位？」伊問。

「地球，」地理學家回答，「地球个名聲繪穤……」

小王子離開，一爿行一爿想伊个花。

Ce fut là son premier mouvement de regret. Mais il reprit courage :

— Que me conseillez-vous d'aller visiter ? demanda-t-il.

— La planète Terre, lui répondit le géographe. Elle a une bonne réputation...

Et le petit prince s'en fut, songeant à sa fleur.

第十六章 XVI

　　第七個星球，當然著是地球。

　　地球唔是一粒普通个星球！頂頭有一百十一個國王 (當然，唔傎繪記有烏人國王)，七千個地理學家，九十萬個生理人，七百五十萬個酒徒，三億一千一百萬個自負个人，也著是講，差不多有二十億个大人。

La septième planète fut donc la Terre.

La Terre n'est pas une planète quelconque ! On y compte cent onze rois (en n'oubliant pas, bien sûr, les rois nègres), sept mille géographes, neuf cent mille businessmen, sept millions et demi d'ivrognes, trois cent onze millions de vaniteux, c'est-à-dire environ deux milliards de grandes personnes.

　　為著欲怐逐家會當想像地球有若大，我欲卜安爾講，徂發明電以前，全世界六洲總共算起來，伯需要四十六萬兩千五百十一個點燈人，親像一支軍隊共款。

Pour vous donner une idée des dimensions de la Terre je vous dirai qu'avant l'invention de l'électricité on y devait entretenir, sur l'ensemble des six continents, une véritable armée de quatre cent soixante-deux mille cinq cent onze allumeurs de réverbères.

伯若是位較遠仝所在看過來，峇個畫面足壯麗，峇支軍隊仝動作若親像歌劇院仝芭蕾舞。首先是紐西蘭佮澳洲仝點燈人上台，個將油燈點著了後，著去睏。續落去，輪到中國佮西伯利亞仝點燈人表演，然後，個嘛是落去後台。續來是俄國佮印度仝點燈人，接徛個後面仝是非洲佮歐洲仝點燈人，佫來是南美洲，最後是北美洲。遮仝點燈人從來都袂記嘛著上台時間，這實在足壯觀仝。

只有北極仝點燈人佮伊南極仝同行，過著上閒仝生活：個一年乾那做兩擺工課。

Vu d'un peu loin ça faisait une effet splendide. Les mouvements de cette armée étaient réglés comme ceux d'un ballet d'opéra. D'abord venait le tour des allumeurs de réverbères de Nouvelle-Zélande et d'Australie. Puis ceux-ci, ayant allumé leurs lampions, s'en allaient dormir. Alors entraient à leur tour dans la danse les allumeurs de réverbères de Chine et de Sibérie. Puis eux aussi s'escamotaient dans les coulisses. Alors venait le tour des allumeurs de réverbères de Russie et des Indes. Puis de ceux d'Afrique et d'Europe. Puis de ceux d'Amérique du Sud. Puis de ceux d'Amérique du Nord. Et jamais ils ne se trompaient dans leur ordre d'entrée en scène. C'était grandiose.

Seuls, l'allumeur de l'unique réverbère du pôle Nord, et son confrère de l'unique réverbère du pôle Sud, menaient des vies d'oisiveté et de nonchalance : ils travaillaient deux fois par an.

第十七章　XVII

有時仔伯要卜講爽笑，有可能會講一寡仔白賊。我頭先講个點燈人个戴誌，唔是完全正確，我驚安爾會恆迌个無熟似地球个人誤會。其實佇地球頂，人所占个位無大，如果地球頂个二十億人攏徛徛咧，而且徛做伙，親像集會共款，安爾只要一個二十海里長、二十海里闊个廣場著有夠也。伯會使咧將所有个人類踮佇一個太平洋上細个小島頂頭。

Quand on veut faire de l'esprit, il arrive que l'on mente un peu. Je n'ai pas été très honnête en vous parlant des allumeurs de réverbères. Je risque de donner une fausse idée de notre planète à ceux qui ne la connaissent pas. Les hommes occupent très peu de place sur la Terre. Si les deux milliards d'habitants qui peuplent la Terre se tenaient debout et un peu serrés, comme pour un meeting, ils logeraient aisément sur une place publique de vingt milles de long sur vingt milles de large. On pourrait entasser l'humanité sur le moindre petit îlot du Pacifique.

當然，大人一定獪相信汝所講个，個叫是家己占足大位个，個認為家己像猴麵包樹共款赫爾仔大。恁一定會叫個家己算看瞌，大人足愛數字，個一定有興趣。唔佫我勸逐家獪浪費時間做呰項無聊个工課，這無路用，恁會使咧相信我。

Les grandes personnes, bien sûr, ne vous croiront pas. Elles s'imaginent tenir beaucoup de place. Elles se voient importantes comme des baobabs. Vous leur conseillerez donc de faire le calcul. Elles adorent les chiffres : ça leur plaira. Mais ne perdez pas votre temps à ce pensum. C'est inutile. Vous avez confiance en moi.

小王子一來到地球，著感覺真奇怪，哪以攏無人。伊當咧煩惱家己走啊對星球个時陣，有一個淺黃色恰若圓箍仔个物件徛沙內面振動。

Le petit prince, une fois sur Terre, fut donc bien surpris de ne voir personne. Il avait déjà peur de s'être trompé de planète, quand un anneau couleur de lune remua dans le sable.

「晚安！」小王子想欲試看瞍咧。
「晚安！」蛇回答伊。
「我即馬徛啥麼星球？」小王子問。
「汝徛地球，徛非洲。」蛇回答伊。
「啊！所以地球無人？」
「遮是沙漠，沙漠內面無人，地球真大。」蛇講。

— Bonne nuit, fit le petit prince à tout hasard.
— Bonne nuit, fit le serpent.
— Sur quelle planète suis-je tombé ? demanda le petit prince.
— Sur la Terre, en Afrique, répondit le serpent.
— Ah !... Il n'y a donc personne sur la Terre ?
— Ici c'est le désert. Il n'y a personne dans les déserts. La Terre est grande, dit le serpent.

小王子徛一粒石頭頂坐落來，攑頭看天頂，伊講：

「我咧想，遮个星偌爾光，是唔是為著欲恆每一個人，有一工
會當佫揣著家己个星。汝看我个星，伊著徛伯頂頭……唔佫足遠
今！」

「汝个星真嬌，」蛇講，「汝來遮做啥麼？」

「我佮一蕊花冤家。」小王子講。

「啊！」蛇應一聲。

然後，蛇佮小王子攏恬靜落來。

Le petit prince s'assit sur une pierre et leva les yeux vers le ciel :

— Je me demande, dit-il, si les étoiles sont éclairées afin que chacun
puisse un jour retrouver la sienne. Regarde ma planète. Elle est juste
au-dessus de nous... Mais comme elle est loin !

— Elle est belle, dit le serpent. Que viens-tu faire ici ?

— J'ai des difficultés avec une fleur, dit le petit prince.

— Ah ! fit le serpent.

Et ils se turent.

「人徛佗位？」過一段時間了後，小王子又佫開喙，「伯徛沙
漠有一點仔孤單……」

「伯徛人迒嗎是孤單。」蛇講。

— Où sont les hommes ? reprit enfin le petit prince. On est un peu
seul dans le désert...

— On est seul aussi chez les hommes, dit le serpent.

小王子看蛇看足久：

「汝是奇怪个動物，瘦伊像一支指頭仔……」

「唔佫我比一個國王个指頭仔更加有力。」蛇講。

小王子微微仔笑：

「汝無啥麼力啦……汝連骸都無……汝連旅行都無法度……」

「我會使咧將汝送去比一隻船送汝佫較遠个所在。」蛇講。

Le petit prince le regarda longtemps :

— Tu es une drôle de bête, lui dit-il enfin, mince comme un doigt...

— Mais je suis plus puissant que le doigt d'un roi, dit le serpent.

Le petit prince eut un sourire :

— Tu n'es pas bien puissant... tu n'as même pas de pattes... tu ne peux même pas voyager...

— Je puis t'emporter plus loin qu'un navire, dit le serpent.

蛇將小王子个骸領圍起來，親像一個金手環共款，然後伊對小王子講：

「我所摸著个，我著將伊送轉去土骸地下，」伊又佫講：「但是，汝倍爾單純又佫是位一粒星來个……」

小王子無應話。

Il s'enroula autour de la cheville du petit prince, comme un bracelet d'or :

— Celui que je touche, je le rends à la terre dont il est sorti, dit-il encore. Mais tu es pur et tu viens d'une étoile...

Le petit prince ne répondit rien.

「汝真可憐，偌爾幼俴，徛呰個無情个地球頂。若是有一工汝太思念汝个星球，我會當幫助汝。我會使咧……」

「噢！我完全瞭解，」小王子講，「啡佫汝為啥麼講話攏安爾掩掩掖掖？」

「我會使咧解決一切。」蛇講。

然後蛇佮小王子攏恬靜落來。

— Tu me fais pitié, toi si faible, sur cette Terre de granit. Je puis t'aider un jour si tu regrettes trop ta planète. Je puis...

— Oh ! J'ai très bien compris, fit le petit prince, mais pourquoi parles-tu toujours par énigmes ?

— Je les résous toutes, dit le serpent.

Et ils se turent.

汝是奇怪个動物，瘤佃像一支指頭仔⋯⋯

Tu es une drôle de bête, lui dit-il enfin, mince comme un doigt...

第十八章　XVIII

　　小王子行過沙漠，乾那拄著一蕊花，一蕊只有三片花瓣，足細足細个花⋯⋯

　　「汝好！」小王子講。

　　「汝好！」花講。

　　「汝知影人徛佗位麼？」小王子客氣問花。

Le petit prince traversa le désert et ne rencontra qu'une fleur. Une fleur à trois pétales, une fleur de rien du tout...

— Bonjour, dit le petit prince.

— Bonjour, dit la fleur.

— Où sont les hommes ? demanda poliment le petit prince.

彭蕊花有一工訊看過一支沙漠商隊經過：

　　「人？有，我想大概六、七個，幾仔年前我訊看過。唔佫伯永遠唔知影欲去郎位揢個，風焄個四界去。人無根，這恆個真濟麻煩。」

　　「再見！」小王子講。

　　「再見！」花講。

La fleur, un jour, avait vu passer une caravane :

— Les hommes ? Il en existe, je crois, six ou sept. Je les ai aperçus il y a des années. Mais on ne sait jamais où les trouver. Le vent les promène. Ils manquent de racines, ça les gêne beaucoup.

— Adieu, fit le petit prince.

— Adieu, dit la fleur.

第十九章　XIX

　　小王子跔去一座高山面頂。以前伊乾那看過三座懸度到伊骹頭窩令火山，其中邻座死火山，伊用來當做椅頭仔。

　　「像咕座偌懸令山，」小王子想，「我著會使咧一下看著歸個地球佾所有令人……」但是，伊乾那看著一寡磨佾尖尖令石頭山。

　　「汝好！」小王子出聲試看瞋咧。

　　「汝好……汝好……汝好……」回聲應伊。

Le petit prince fit l'ascension d'une haute montagne. Les seules montagnes qu'il eût jamais connues étaient les trois volcans qui lui arrivaient au genou. Et il se servait du volcan éteint comme d'un tabouret.

« D'une montagne haute comme celle-ci, se dit-il donc, j'apercevrai d'un coup toute la planète et tous les hommes... » Mais il n'aperçut rien que des aiguilles de roc bien aiguisées.

— Bonjour, dit-il à tout hasard.

— Bonjour... Bonjour... Bonjour... répondit l'écho.

　　「汝是啥人？」小王子問。

　　「汝是啥人……汝是啥人……汝是啥人……」回聲應伊。

　　「佮我做朋友，我真孤單。」小王子又佫講。

　　「我真孤單……我真孤單……我真孤單……」回聲應伊。

— Qui êtes-vous ? dit le petit prince.

— Qui êtes-vous... qui êtes-vous... qui êtes-vous... répondit l'écho.

— Soyez mes amis, je suis seul, dit-il.

— Je suis seul... je suis seul... je suis seul... répondit l'écho.

「峇個星球有夠奇怪！」小王子心內想，「歸個煆涸涸，又佫尖又佫鹹，而且遮个人無啥麼想像力，個乾那會曉講別人對個講過个話⋯⋯往伬兜我有一蕊花：伊永遠攏是頭一個講話个人⋯⋯」

« Quelle drôle de planète ! pensa-t-il alors. Elle est toute sèche, et toute pointue et toute salée. Et les hommes manquent d'imagination. Ils répètent ce qu'on leur dit... Chez moi j'avais une fleur : elle parlait toujours la première... »

呰個星球歸個焗涸涸，
又佫尖又佫鹹。

Cette planète est toute sèche,
et toute pointue et toute salée.

第二十章　XX

小王子行足久，徛行過沙漠、石頭山伨雪地了後，總算恆伊揣著一條路。有路，著會使𪜶行去有人个所在。

「恁好！」小王子講。

這是一個開足濟玫瑰花个花園。

「汝好！」玫瑰回答伊。

Mais il arriva que le petit prince, ayant longtemps marché à travers les sables, les rocs et les neiges, découvrit enfin une route. Et les routes vont toutes chez les hommes.

— Bonjour, dit-il.

C'était un jardin fleuri de roses.

— Bonjour, dirent les roses.

小王子詳細看遮个玫瑰花，個每一蕊攏佮伊个玫瑰誠成。

「恁是啥人？」小王子驚著，呆呆問個。

「阮是玫瑰。」玫瑰花回答伊。

「啊！」小王子叫一聲。

Le petit prince les regarda. Elles ressemblaient toutes à sa fleur.

— Qui êtes-vous ? leur demanda-t-il, stupéfait.

— Nous sommes des roses, dirent les roses.

—Ah ! fit le petit prince...

伊心內感覺足艱苦。伊个花訒講過，講家己是宇宙中唯一个一蕊玫瑰，現在汝看五千蕊，每一蕊攏足成个，乾那佇一座花園爾爾！

「伊一定會真生氣，」小王子心內想，「若是恆伊看著這……伊絕對會一直嗽，做出卜死去个模樣，為著無愛恆別人笑伊。阿我，我著愛做出照顧伊个模樣，若無，為著要卜恆我感覺見笑，伊一定會真正放家己死去……」

Et il se sentit très malheureux. Sa fleur lui avait raconté qu'elle était seule de son espèce dans l'univers. Et voici qu'il en était cinq mille, toutes semblables, dans un seul jardin !

« Elle serait bien vexée, se dit-il, si elle voyait ça... elle tousserait énormément et ferait semblant de mourir pour échapper au ridicule. Et je serais bien obligé de faire semblant de la soigner, car, sinon, pour m'humilier moi aussi, elle se laisserait vraiment mourir... »

小王子繼續想：「我以前叫是家己足好額，會當有一蕊獨一無二个花，結果我有个只是一蕊普通个玫瑰花。這佮我个三座到骹頭窩个火山，而且其中一座有可能永遠攏是死火山，個並無可能恆我變做一個大王子……」

　　想到遮，伊倒佇草埔頂，開始哭起來。

　　Puis il se dit encore : « Je me croyais riche d'une fleur unique, et je ne possède qu'une rose ordinaire. Ça et mes trois volcans qui m'arrivent au genou, et dont l'un, peut-être, est éteint pour toujours, ça ne fait pas de moi un bien grand prince... »

　　Et, couché dans l'herbe, il pleura.

想到遮，伊倒徛草埔頂，開始哭起來。

Et, couché dans l'herbe, il pleura.

第二十一章 XXI

告時陣，狐狸出現：

「汝好！」狐狸講。

「汝好！」小王子真有禮貌回答，伊斡過來看，呣佫看無啥麼人。

「我佇遮，」告個聲音講，「佇林檎(註1)樹骹……」

「汝是啥人？」小王子問伊，「汝足好看兮……」

「我是一隻狐狸。」狐狸講。

C'est alors qu'apparut le renard :

— Bonjour, dit le renard.

— Bonjour, répondit poliment le petit prince, qui se retourna mais ne vit rien.

— Je suis là, dit la voix, sous le pommier...

— Qui es-tu ? dit le petit prince. Tu es bien joli...

— Je suis un renard, dit le renard.

「來伨我佚佗，」小王子對伊講，「我仐心肝足艱苦今……」

「我獪使咧伨汝佚佗，」狐狸講，「我無被馴養。」

「啊！歹勢。」小王子回失禮。

— Viens jouer avec moi, lui proposa le petit prince. Je suis tellement triste...

— Je ne puis pas jouer avec toi, dit le renard. Je ne suis pas apprivoisé.

—Ah ! pardon, fit le petit prince.

唔佫想想咧了後，小王子問狐狸：

「『馴養』是啥麼意思？」

「汝唔是遮个人，」狐狸講，「汝來遮揣啥麼？」

「我來揣人，」小王子講，「『馴養』是啥麼意思？」

「人，」狐狸講，「個有銃，而且個拍獵，這真費氣！個嗎飼雞，這是個唯一个優點。汝要卜揣雞？」

「唔是，」小王子講，「我揣朋友。『馴養』是啥麼意思？」

「這是一件真濟人獪記个戴誌，」狐狸講，「著是講『建立關係』……」

Mais, après réflexion, il ajouta :

— Qu'est-ce que signifie « apprivoiser » ?

— Tu n'es pas d'ici, dit le renard, que cherches-tu ?

— Je cherche les hommes, dit le petit prince. Qu'est-ce que signifie « apprivoiser » ?

— Les hommes, dit le renard, ils ont des fusils et ils chassent. C'est bien gênant ! Ils élèvent aussi des poules. C'est leur seul intérêt. Tu cherches des poules ?

— Non, dit le petit prince. Je cherche des amis. Qu'est-ce que signifie « apprivoiser » ?

— C'est une chose trop oubliée, dit le renard. Ça signifie « créer des liens... »

「建立關係？」

「無錯，」狐狸講，「對我來講，即馬汝猶原是一個佮其他十萬個查仪囝仔無啥麼差別个囝仔，我並無需要汝，阿汝嗎無需要我，因為對汝來講，我只是一隻佮其他十萬隻狐狸足成个狐狸。但是，汝若是馴養我，佇著會互相需要。對我來講，汝是全世界唯一个；對汝來講，我嗎是全世界唯一个……」

— Créer des liens ?

— Bien sûr, dit le renard. Tu n'es encore pour moi qu'un petit garçon tout semblable à cent mille petits garçons. Et je n'ai pas besoin de toi. Et tu n'as pas besoin de moi non plus. Je ne suis pour toi qu'un renard semblable à cent mille renards. Mais, si tu m'apprivoises, nous aurons besoin l'un de l'autre. Tu seras pour moi unique au monde. Je serai pour toi unique au monde...

「我開始有一點仔瞭解，」小王子講，「有一蕊花……我想伊佮我馴養也……」

— Je commence à comprendre, dit le petit prince. Il y a une fleur... je crois qu'elle m'a apprivoisé...

「有可能，」狐狸講，「徛地球頂啥麼戴誌都有……」

「噢！這唔是徛地球頂个。」小王子講。

狐狸驚一跳：

「是徛另外一個星球？」

「著。」

「徛迒有獵人麼？」

「無。」

「安爾這好！有雞麼？」

「無。」

「世間無完美个戴誌，唉！」狐狸吐一口氣。

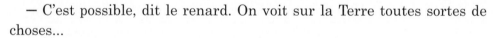

— C'est possible, dit le renard. On voit sur la Terre toutes sortes de choses...

— Oh ! ce n'est pas sur la Terre, dit le petit prince.

Le renard parut très intrigué :

— Sur une autre planète ?

— Oui.

— Il y a des chasseurs, sur cette planète-là ?

— Non.

— Ça, c'est intéressant ! Et des poules ?

— Non.

— Rien n'est parfait, soupira le renard.

嗯佫伊真緊著佫想著：

「我个生活真單調，我掠雞，獵人掠我。所有个雞攏真成，所有个人嗎攏真成，所以我有一點仔無聊。但是，汝若是馴養我，安爾我个生活著會有光彩。我會認出一種骹步聲佮其他个攏無共款，其他个骹步聲會恆我閃去土骹底，汝个骹步聲會佮我位洞內面叫出來，像音樂共款。也佫有，汝看！徛迂，有麥仔田，有看著麼？我無食麭(註2)，麥仔對我來講無路用，麥仔田嗎繪恆我想著啥麼。像安爾，足可憐！但是汝有金色个頭毛，所以汝若是馴養我，安爾著太美妙囉！麥仔是金色个，這著會恆我想著汝，而且我嗎會愛聽風吹過麥仔田个聲音……」

Mais le renard revint à son idée :
— Ma vie est monotone. Je chasse les poules, les hommes me chassent. Toutes les poules se ressemblent, et tous les hommes se ressemblent. Je m'ennuie donc un peu. Mais, si tu m'apprivoises, ma vie sera comme ensoleillée. Je connaîtrai un bruit de pas qui sera différent de tous les autres. Les autres pas me font rentrer sous terre. Le tien m'appellera hors du terrier, comme une musique. Et puis regarde ! Tu vois, là-bas, les champs de blé ? Je ne mange pas de pain. Le blé est pour moi inutile. Les champs de blé ne me rappellent rien. Et ça, c'est triste ! Mais tu as des cheveux couleur d'or. Alors ce sera merveilleux quand tu m'auras apprivoisé ! Le blé, qui est doré, me fera souvenir de toi. Et j'aimerai le bruit du vent dans le blé...

狐狸無佫再講話，伊恬恬看小王子看足久：

「拜託汝……馴養我！」伊講。

「我真想卜安爾做，」小王子回答伊，「唔佫我時間無夠，我需要熟似真濟朋友，嘛愛詷足濟戴誌。」

「伯乾那詷家己馴養个戴誌，」狐狸講，「人已經無啥麼時間來詷戴誌，個去店內面買做便便个物件，但是因為世界上並無賣朋友个店，所以人著無朋友也。如果汝卜愛有一個朋友，馴養我吧！」

Le renard se tut et regarda longtemps le petit prince :

— S'il te plaît... apprivoise-moi ! dit-il.

— Je veux bien, répondit le petit prince, mais je n'ai pas beaucoup de temps. J'ai des amis à découvrir et beaucoup de choses à connaître.

— On ne connaît que les choses que l'on apprivoise, dit le renard. Les hommes n'ont plus le temps de rien connaître. Ils achètent des choses toutes faites chez les marchands. Mais comme il n'existe point de marchands d'amis, les hommes n'ont plus d'amis. Si tu veux un ami, apprivoise-moi !

「愛安怎做？」小王子問狐狸。

「愛真有耐心，」狐狸講，「一開始，汝愛坐離我較遠咧，像安爾，坐徛草埔迂。我會用目尾看汝，汝啥麼攏嬎講，話語是誤會个源頭。唔佫每一工，汝會使咧坐較倚咧……」

小王子第二工又佫來。

— Que faut-il faire ? dit le petit prince.

— Il faut être très patient, répondit le renard. Tu t'assoiras d'abord un peu loin de moi, comme ça, dans l'herbe. Je te regarderai du coin de l'œil et tu ne diras rien. Le langage est source de malentendus. Mais, chaque jour, tu pourras t'asseoir un peu plus près...

Le lendemain revint le petit prince.

「上好是共一個時間來，」狐狸講，「如果汝，比如講，下晝四點來，那安爾，自三點起，我著會開始歡喜。時間愈倚，我著愈歡喜。四點一到，我著會真激動，嘛會真擔心，我著會發現快樂个代價！但是汝若是無照時間來，我著唔知影愛佇幾點準備好我个心情……必須愛有儀式。」

「啥麼是儀式？」小王子問。

「這嘛是一件真濟人燴記个戴誌，」狐狸講，「儀式會當恆一個日子佮其他个日子無共，一個時間佮其他个時間無共。比如講，佇我个獵人迒，個佇每一個禮拜四攏會去佮莊頭个查姆囡仔跳舞，所以禮拜四是上齭个一工！我會使咧一直散步到葡萄園迒。如果獵人無照時間跳舞，那安爾，每一工攏共款，阿我著無法度放假。」

因此小王子將狐狸馴養落來。後來，小王子欲離開个日子漸漸接近：

「啊！」狐狸講，「我會哭。」

— Il eût mieux valu revenir à la même heure, dit le renard. Si tu viens, par exemple, à quatre heures de l'après-midi, dès trois heures je commencerai d'être heureux. Plus l'heure avancera, plus je me sentirai heureux. À quatre heures, déjà, je m'agiterai et m'inquiéterai : je découvrirai le prix du bonheur ! Mais si tu viens n'importe quand, je ne saurai jamais à quelle heure m'habiller le cœur... Il faut des rites.

— Qu'est-ce qu'un rite ? dit le petit prince.

— C'est aussi quelque chose de trop oublié, dit le renard. C'est ce qui fait qu'un jour est différent des autres jours, une heure des autres heures. Il y a un rite, par exemple, chez mes chasseurs. Ils dansent le jeudi avec les filles du village. Alors le jeudi est jour merveilleux ! Je vais me promener jusqu'à la vigne. Si les chasseurs dansaient n'importe quand, les jours se ressembleraient tous, et je n'aurais point de vacances.

Ainsi le petit prince apprivoisa le renard. Et quand l'heure du départ fut proche :

— Ah ! dit le renard... Je pleurerai.

如果汝，比如講，下晝四點來，
那安爾，自三點起，我著會開始歡喜。

Si tu viens, par exemple, à quatre heures de l'après-midi,
dès trois heures je commencerai d'être heureux.

「這是汝个嗯著，」小王子講，「我一點仔都無想欲傷害汝，嗯佫汝愛我馴養汝……」

「無錯。」狐狸講。

「嗯佫汝會哭！」小王子講。

「無錯。」狐狸講。

「安爾汝啥麼都無得著！」

「我有得著，」狐狸講，「因為有麥仔个色緻。」

— C'est ta faute, dit le petit prince, je ne te souhaitais point de mal, mais tu as voulu que je t'apprivoise...

— Bien sûr, dit le renard.

— Mais tu vas pleurer ! dit le petit prince.

— Bien sûr, dit le renard.

— Alors tu n'y gagnes rien !

— J'y gagne, dit le renard, à cause de la couleur du blé.

然後，狐狸佫講：

「汝佫去看迒个玫瑰，汝著會當瞭解汝个玫瑰是全世界獨一無二个。然後汝佫來佮我辭別，我欲送汝一個秘密做禮物。」

小王子又佫轉去看花園个玫瑰：

Puis il ajouta :

— Va revoir les roses. Tu comprendras que la tienne est unique au monde. Tu reviendras me dire adieu, et je te ferai cadeau d'un secret.

Le petit prince s'en fut revoir les roses :

「恁完全無成我个玫瑰，恁猶未有啥麼重要性，」小王子對玫瑰花講，「無人馴養恁，恁嗎無馴養任何人，恁著親像以前我个狐狸共款，只是一隻佮其他十萬隻無啥麼差別个狐狸。但是我將伊變做我个朋友了後，伊即馬著是全世界獨一無二个。」

花園內所有个玫瑰攏感覺真歹勢。

— Vous n'êtes pas du tout semblables à ma rose, vous n'êtes rien encore, leur dit-il. Personne ne vous a apprivoisées et vous n'avez apprivoisé personne. Vous êtes comme était mon renard. Ce n'était qu'un renard semblable à cent mille autres. Mais j'en ai fait mon ami, et il est maintenant unique au monde.

Et les roses étaient bien gênées.

「恁真嬌，唔佫是空个，」小王子佫繼續講，「無人會替恁犧牲性命。當然，我个玫瑰，一個普通个過路人可能感覺伊佮恁共款，但是伊，乾那一蕊著比恁全部加起來佫較重要。因為是伊，我有佮沃水；因為是伊，我有佮蓋一個玻璃罩；因為是伊，我有用屏遮佮保護；因為是伊，我有佮掠截毛仔蟲（除了留兩三隻對等個變作蝴蝶）；因為是伊，我有聽伊怨東怨西，抑是歕雞胿，或者是有時陣恬恬無講話；因為伊，是我个玫瑰。」

— Vous êtes belles, mais vous êtes vides, leur dit-il encore. On ne peut pas mourir pour vous. Bien sûr, ma rose à moi, un passant ordinaire croirait qu'elle vous ressemble. Mais à elle seule elle est plus importante que vous toutes, puisque c'est elle que j'ai arrosée. Puisque c'est elle que j'ai mise sous globe. Puisque c'est elle que j'ai abritée par le paravent. Puisque c'est elle dont j'ai tué les chenilles (sauf les deux ou trois pour les papillons). Puisque c'est elle que j'ai écoutée se plaindre, ou se vanter, ou même quelquefois se taire. Puisque c'est ma rose.

小王子轉去揣狐狸：

「再見！」小王子講。

「再見！」狐狸講，「我欲卜伨汝講我个秘密，伊真簡單：伯只有用心則看會清楚，本質用目睭是看繪著个。」

「本質用目睭是看繪著个。」小王子伨㤉句話佫講一擺，為著欲卜記起來。

Et il revint vers le renard :

— Adieu, dit-il...

— Adieu, dit le renard. Voici mon secret. Il est très simple : on ne voit bien qu'avec le cœur. L'essentiel est invisible pour les yeux.

— L'essentiel est invisible pour les yeux, répéta le petit prince, afin de se souvenir.

「著是因為汝為著汝个玫瑰所用个時間，則會恆汝个玫瑰變作偌爾重要。」

「著是因為我為著我个玫瑰所用个時間……」小王子伨狐狸个話佫講一擺，為著欲卜記起來。

— C'est le temps que tu as perdu pour ta rose qui fait ta rose si importante.

— C'est le temps que j'ai perdu pour ma rose... fit le petit prince, afin de se souvenir.

「人已經繪記䆀個道理，」狐狸講，「毋佫汝無應該繪記，對家己馴養个，汝永遠是負責人。汝愛為汝个玫瑰負責……」

　　「我愛為我个玫瑰負責……」小王子佇䆀句話佫講一擺，為著䠛記起來。

　　— Les hommes ont oublié cette vérité, dit le renard. Mais tu ne dois pas l'oublier. Tu deviens responsable pour toujours de ce que tu as apprivoisé. Tu es responsable de ta rose...

　　— Je suis responsable de ma rose... répéta le petit prince, afin de se souvenir.

註1：林檎，「蘋果」的日文漢字用詞，譯者自小至今說臺語時都使用本詞。

註2：麭，源於日文的外來詞「パン」，義同「麵包」。譯者特意使用本字，因為發音原則接近「芳」，只是聲調不同而已。必須特別聲明的是，本字並非楊青矗先生的造字，而是譯者在麵包師吳寶春先生的商品紙袋上所學習到的用字。

第二十二章　XXII

「汝好！」小王子講。

「汝好！」調度員講。

「汝徛遮做啥麼？」小王子問伊。

「我佣旅客分類，一千個旅客算一個單位，」調度員講，「然後我將載個令火車發送去逐位，有時往東，有時往西。」

— Bonjour, dit le petit prince.

— Bonjour, dit l'aiguilleur.

— Que fais-tu ici ? dit le petit prince.

— Je trie les voyageurs, par paquets de mille, dit l'aiguilleur. J'expédie les trains qui les emportent, tantôt vers la droite, tantôt vers la gauche.

有一列快車出現，車廂光焱焱，轟轟叫親像響雷，恆歸間調度室攏咧振動。

「個真急，」小王子講，「個咧捎啥麼？」

「遮个走來走去个人，個家己嗎唔知影。」調度員講。

Et un rapide illuminé, grondant comme le tonnerre, fit trembler la cabine d'aiguillage.

— Ils sont bien pressés, dit le petit prince. Que cherchent-ils ?

— L'homme de la locomotive l'ignore lui-même, dit l'aiguilleur.

然後，又佫有一列快車位反向過來，轟轟叫佫光焱焱。

「個已經轉來啊？」小王子問。

「這無共人，」調度員講，「這是一種交流。」

「個佇原來个所在敢無歡喜？」

「伯佇家己原來个所在永遠都獪歡喜。」調度員講。

Et gronda, en sens inverse, un second rapide illuminé.

— Ils reviennent déjà ? demanda le petit prince...

— Ce ne sont pas les mêmes, dit l'aiguilleur. C'est un échange.

— Ils n'étaient pas contents, là où ils étaient ?

— On n'est jamais content là où l'on est, dit l'aiguilleur.

第三列快車出現，轟轟叫若響雷，而且光焱焱。

「個咧趕頭前个旅客？」小王子問。

「個啥麼都無咧趕，」調度員講，「個佇車廂內面睏，抑是哈肺，干那囝仔則會伓鼻仔拄佇窗仔玻璃頂。」

「只有囝仔則知影個愛啥麼，」小王子講，「個為著一個舊布翁仔用赫爾仔濟時間，邻個布翁仔變作非常重要，伯若是伓翁仔捒走，個著會哭……」

「個真幸運。」調度員講。

Et gronda le tonnerre d'un troisième rapide illuminé.

— Ils poursuivent les premiers voyageurs ? demanda le petit prince.

— Ils ne poursuivent rien du tout, dit l'aiguilleur. Ils dorment là-dedans, ou bien ils bâillent. Les enfants seuls écrasent leur nez contre les vitres.

— Les enfants seuls savent ce qu'ils cherchent, fit le petit prince. Ils perdent du temps pour une poupée de chiffons, et elle devient très importante, et si on la leur enlève, ils pleurent...

— Ils ont de la chance, dit l'aiguilleur.

第二十三章　XXIII

「汝好！」小王子講。

「汝好！」生理人講。

這是一個專門咧賣解喙焦特效藥丸个生理人。呰種藥丸，伯若是一禮拜吞一粒，著啥麼攏免佫啉。

「為啥麼汝賣這？」小王子問。

「這會使咧替伯省足濟時間，」生理人講，「專家有算過，伯會使咧一禮拜省五十三分鐘。」

「阿伯用這五十三分鐘來做啥麼？」

「伯想欲做啥麼著做啥麼⋯⋯」

「我，」小王子心內想，「我若是有五十三分鐘好用，我著會慢慢仔行去有水泉个所在⋯⋯」

— Bonjour, dit le petit prince.

— Bonjour, dit le marchand.

C'était un marchand de pilules perfectionnées qui apaisent la soif. On en avale une par semaine et l'on n'éprouve plus le besoin de boire.

— Pourquoi vends-tu ça ? dit le petit prince.

— C'est une grosse économie de temps, dit le marchand. Les experts ont fait des calculs. On épargne cinquante-trois minutes par semaine.

— Et que fait-on de ces cinquante-trois minutes ?

— On en fait ce que l'on veut...

« Moi, se dit le petit prince, si j'avais cinquante-trois minutes à dépenser, je marcherais tout doucement vers une fontaine... »

第二十四章　XXIV

　　我个飛龍機徛沙漠故障已經是第八工也，我一旁聽生理人个故事，一旁佮我个最後一滴水啉落喉。

　　「啊！」我對小王子講，「汝个故事真好聽，唔佫我猶未修理好我个飛龍機，而且我已經無水㷃啉，若是會使咧慢慢仔行去有水泉个所在，我嘛會真歡喜！」

Nous en étions au huitième jour de ma panne dans le désert, et j'avais écouté l'histoire du marchand en buvant la dernière goutte de ma provision d'eau.

— Ah ! dis-je au petit prince, ils sont bien jolis, tes souvenirs, mais je n'ai pas encore réparé mon avion, je n'ai plus rien à boire, et je serais heureux, moi aussi, si je pouvais marcher tout doucement vers une fontaine !

　　「我个朋友狐狸……」伊對我講。
　　「我个囝仔兄，這佮狐狸已經無關係嘍！」
　　「為啥麼？」
　　「因為伯真緊著會喉焦死去……」

— Mon ami le renard, me dit-il...
— Mon petit bonhomme, il ne s'agit plus du renard !
— Pourquoi ?
— Parce qu'on va mourir de soif...

小王子無法度瞭解我話中个道理，伊回答講：

「著算講俉真緊著會死去，有一個朋友嗎是足好个戴誌。我，我真歡喜會當有一個狐狸做朋友……」

「伊對危險無啥麼感覺，」我心內想，「伊從來都唔知影枵，嗎唔知影喙焦。只要一屑仔日頭著有夠也……」

但是小王子目睭金金看我，然後應我講：

「我嗎喙焦……俉來去揣一口井……」

Il ne comprit pas mon raisonnement, il me répondit :

— C'est bien d'avoir eu un ami, même si l'on va mourir. Moi, je suis bien content d'avoir eu un ami renard...

« Il ne mesure pas le danger, me dis-je. Il n'a jamais ni faim ni soif. Un peu de soleil lui suffit... »

Mais il me regarda et répondit à ma pensée :

— J'ai soif aussi... cherchons un puits...

我歸個人攏無力：佇遮爾仔大个沙漠，烏白行著欲揣著一口井，這實在是無可能个戴誌。唔佫阮開始行。

阮恬恬行幾仔點鐘了後，天暗落來，星仔開始閃閃爍爍。我攑頭看天頂个星，感覺家己親像咧眠夢共款，因為俹喙焦，所以有一點仔發燒。小王子所講个話，佇我个頭殼內跳來跳去。

J'eus un geste de lassitude : il est absurde de chercher un puits, au hasard, dans l'immensité du désert. Cependant nous nous mîmes en marche.

Quand nous eûmes marché, des heures, en silence, la nuit tomba, et les étoiles commencèrent de s'éclairer. Je les apercevais comme en rêve, ayant un peu de fièvre, à cause de ma soif. Les mots du petit prince dansaient dans ma mémoire.

「所以汝嗎喙焦，著麼？」我問伊。

但是伊無回答我，伊乾那講：

「水嗎可能對心情真好……」

我聽無伊个話，但是我無出聲……我知影上好彆問伊。

小王子真悿，伊坐落來，我嗎佇伊个邊仔坐落來。恬靜一段時間了後，伊佫講：

「遮个星赫爾嬌，是因為有一蕊伯看繪著个花……」

我喙內應：「無錯。」然後恬恬看向迒个照著月光个沙嵌。

— Tu as donc soif, toi aussi ? lui demandai-je.

Mais il ne répondit pas à ma question. Il me dit simplement :

— L'eau peut aussi être bonne pour le cœur...

Je ne compris pas sa réponse mais je me tus... Je savais bien qu'il ne fallait pas l'interroger.

Il était fatigué. Il s'assit. Je m'assis auprès de lui. Et, après un silence, il dit encore :

— Les étoiles sont belles, à cause d'une fleur que l'on ne voit pas...

Je répondis « bien sûr » et je regardai, sans parler, les plis du sable sous la lune.

「沙漠誠嬌……」伊佫加一句。

這是真个，我一直攏真愛沙漠。伯會使咧坐佇沙嵌頂頭，啥麼攏看繪著，啥麼攏聽繪著，但是有一種物件恬恬咧發光……

— Le désert est beau, ajouta-t-il...

Et c'était vrai. J'ai toujours aimé le désert. On s'assoit sur une dune de sable. On ne voit rien. On n'entend rien. Et cependant quelque chose rayonne en silence...

「恆沙漠佫較嬌个，」小王子講，「著是有一口井藏徛一個佾嗯知影个所在……」

— Ce qui embellit le désert, dit le petit prince, c'est qu'il cache un puits quelque part...

我突然間瞭解沙漠中邻個神祕个光。我細漢个時陣，蹛徛一間古早茨，逐家攏講有寶藏藏徛邻間茨內面。當然，無人知影藏徛邻位，甚至，可能嗎無人去揣。嗯佫告個故事恆歸間茨足迷人今，我个茨徛伊个心肝內面藏一個秘密……

Je fus surpris de comprendre soudain ce mystérieux rayonnement du sable. Lorsque j'étais petit garçon j'habitais une maison ancienne, et la légende racontait qu'un trésor y était enfoui. Bien sûr, jamais personne n'a su le découvrir, ni peut-être même ne l'a cherché. Mais il enchantait toute cette maison. Ma maison cachait un secret au fond de son cœur...

「著，」我對小王子講，「無論是茨、星星抑是沙漠，恆個赫爾仔嬌个，攏是目睭看獪著个！」
「我真歡喜，」小王子講，「汝同意我个狐狸所講个話。」

— Oui, dis-je au petit prince, qu'il s'agisse de la maison, des étoiles ou du désert, ce qui fait leur beauté est invisible !
— Je suis content, dit-il, que tu sois d'accord avec mon renard.

小王子睏掉了後，我佮伊抱起來，又佮繼續行。我心肝內非常感動，好親像抱一個無小心著會挵破个寶貝，甚至是全世界上珍貴个寶貝。我雙手抱咧个小王子，月娘照著伊个面，頭額白蒼蒼，目睭瞌瞌，頭毛恆風吹振動。我心內想：「我現在看著个，只是一個外表，上重要个，是看獪著个……」

看著小王子个喙唇小可開開，恰若咧微微仔笑，我又佮徑心內對家己講：「咁個睏掉个小王子，伊恆我偌爾感動个原因，是伊對一蕊花赫爾忠實，也佮有一蕊玫瑰个形影，連伊褅睏个時陣，玫瑰嗎親像燈火共款照著伊，恆伊有光……」想到遮，我臆小王子比我所想个佮較脆弱。我必須愛好好仔保護燈火：若無，一陣風著會佮吹化去……

一月想，一月行，徑天光个時陣，我揣著一口井。

Comme le petit prince s'endormait, je le pris dans mes bras, et me remis en route. J'étais ému. Il me semblait porter un trésor fragile. Il me semblait même qu'il n'y eût rien de plus fragile sur la Terre. Je regardais, à la lumière de la lune, ce front pâle, ces yeux clos, ces mèches de cheveux qui tremblaient au vent, et je me disais : « Ce que je vois là n'est qu'une écorce. Le plus important est invisible... »

Comme ses lèvres entrouvertes ébauchaient un demi-sourire je me dis encore : « Ce qui m'émeut si fort de ce petit prince endormi, c'est sa fidélité pour une fleur, c'est l'image d'une rose qui rayonne en lui comme la flamme d'une lampe, même quand il dort... » Et je le devinai plus fragile encore. Il faut bien protéger les lampes : un coup de vent peut les éteindre...

Et, marchant ainsi, je découvris le puits au lever du jour.

第二十五章　XXV

「人，」小王子講，「個踦徛快車內面，姆佫已經姆知影家己
徛捨啥麼。所以個真著急，一直咧踅圓箍仔⋯⋯」

伊加一句講：

「實在無需要⋯⋯」

— Les hommes, dit le petit prince, ils s'enfournent dans les rapides,
mais ils ne savent plus ce qu'ils cherchent. Alors ils s'agitent et tournent
en rond...

Et il ajouta :

— Ce n'est pas la peine...

阮扴著个咚口井，佮一般撒哈拉个井攏無共。一般撒哈拉个井只
是真簡單佇沙挖一個洞孔，咚口井較成莊頭个井，但是徛遮並無
任何个莊頭，我叫是家己咧眠夢。

「足奇怪，」我對小王子講，「啥麼都有：滑輪、水桶也佫索
仔⋯⋯」

Le puits que nous avions atteint ne ressemblait pas aux puits
sahariens. Les puits sahariens sont de simples trous creusés dans le
sable. Celui-là ressemblait à un puits de village. Mais il n'y avait là
aucun village, et je croyais rêver.

— C'est étrange, dis-je au petit prince, tout est prêt : la poulie, le seau
et la corde...

小王子笑起來，伊去摸索仔，又佫爽滑輪。滑輪發出哼哼哼哼
个聲音，親像恬風足久了後个舊風向標。

「汝有聽到麼？」小王子講，「伯佣井叫精神，即馬伊咧唱
歌……」

Il rit, toucha la corde, fit jouer la poulie. Et la poulie gémit comme
gémit une vieille girouette quand le vent a longtemps dormi.
— Tu entends, dit le petit prince, nous réveillons ce puits et il chante...

我無希望伊佣恬：
「恆我來，」我對伊講，「這對汝來講傷重。」
我將水桶慢慢仔吊起來，然後沓沓仔佣桶仔园徛井欄頂。我
个耳孔內猶原聽著滑輪个聲音，我个目睭看著佇猶佫咧顫動个水
面，一直咧振動个日頭。
「我足想欲啉呰個水，」小王子講，「恆我啉水……」

Je ne voulais pas qu'il fît un effort :
— Laisse-moi faire, lui dis-je, c'est trop lourd pour toi.
Lentement je hissai le seau jusqu'à la margelle. Je l'y installai bien
d'aplomb. Dans mes oreilles durait le chant de la poulie et, dans l'eau
qui tremblait encore, je voyais trembler le soleil.
— J'ai soif de cette eau-là, dit le petit prince, donne-moi à boire...

小王子笑起來，伊去摸索仔，又佫爽滑輪。

Il rit, toucha la corde, fit jouer la poulie.

我呰時陣則瞭解小王子原先咧揣个著是這！

我伸水桶攑起來，倚近伊个喙唇，伊目睭瞌瞌，開始啉水。我感覺好親像咧過節共款歡喜。呰個水唔是乾那一項食物爾爾，伊是佗徑天星下骹行路，加上滑輪唱歌，我个雙手出力，則會當啉著个。伊親像禮物共款，對人个心情真有好處。我細漢个時陣，恆我收著个聖誕禮物赫爾仔寶貴个原因，其實是聖誕樹个燈火，子時彌撒个音樂，也佮有眾人歡喜个笑容。

Et je compris ce qu'il avait cherché !

Je soulevai le seau jusqu'à ses lèvres. Il but, les yeux fermés. C'était doux comme une fête. Cette eau était bien autre chose qu'un aliment. Elle était née de la marche sous les étoiles, du chant de la poulie, de l'effort de mes bras. Elle était bonne pour le cœur, comme un cadeau. Lorsque j'étais petit garçon, la lumière de l'arbre de Noël, la musique de la messe de minuit, la douceur des sourires faisaient ainsi tout le rayonnement du cadeau de Noël que je recevais.

「徑怎遮个人，」小王子講，「個徑一座花園內面種五千蕊个玫瑰……然後個揣無家己咧揣个物件……」

「個揣無……」我應一句。

「其實個咧揣个，有可能徑一蕊玫瑰抑是一寡水內面揣著……」

— Les hommes de chez toi, dit le petit prince, cultivent cinq mille roses dans un même jardin... et ils n'y trouvent pas ce qu'ils cherchent...

— Ils ne le trouvent pas, répondis-je...

— Et cependant ce qu'ils cherchent pourrait être trouvé dans une seule rose ou un peu d'eau...

「無錯。」我應伊。
小王子佫加一句：
「但是目睭看無，必須愛用心來揬。」

— Bien sûr, répondis-je.
Et le petit prince ajouta :
— Mais les yeux sont aveugles. Il faut chercher avec le cœur.

我嗎啉水啉好也，會當好好仔喘氣。日頭出來，歸片沙漠个色緻佮蜂蜜共款。岀個色彩恆我真快樂，我何必心肝艱苦呢……
「汝愛遵守約定。」小王子輕聲對我講，伊已經會當佫坐佇我个身軀邊。
「啥麼約定？」
「汝知影也……我个綿羊个喙套……我必須愛對花負責！」
我位衫袋仔捽出我畫个草圖，小王子看著了後，趄講趄笑：
「汝个猴麵包樹，看起來有一點仔成高麗菜……」

J'avais bu. Je respirais bien. Le sable, au lever du jour, est couleur de miel. J'étais heureux aussi de cette couleur de miel. Pourquoi fallait-il que j'eusse de la peine...
— Il faut que tu tiennes ta promesse, me dit doucement le petit prince, qui, de nouveau, s'était assis auprès de moi.
— Quelle promesse ?
— Tu sais... une muselière pour mon mouton... je suis responsable de cette fleur !
Je sortis de ma poche mes ébauches de dessin. Le petit prince les aperçut et dit en riant :
— Tes baobabs, ils ressemblent un peu à des choux...

「噢！」

我原先對家己畫个猴麵包樹足滿意呢！

「汝个狐狸……伊个耳仔……有一點仔成角……而且俇長！」

伊又佫笑起來。

「囝仔兄，汝真無公道，我乾那會曉畫合起來佮拍開个蟒蛇。」

「噢！無要緊，」小王子講，「囝仔看有。」

— Oh !

Moi qui étais si fier des baobabs !

— Ton renard... ses oreilles... elles ressemblent un peu à des cornes... et elles sont trop longues !

Et il rit encore.

— Tu es injuste, petit bonhomme, je ne savais rien dessiner que les boas fermés et les boas ouverts.

— Oh ! ça ira, dit-il, les enfants savent.

所以我著幫伊畫一個喙套。我佇圖攆恆小王子个時陣，心肝內感覺真艱苦：

「汝有一寡我唔知影个計畫……」

但是伊無回答我，伊對我講：

「汝知影，我降落地球……明仔再著滿一年也……」

Je crayonnai donc une muselière. Et j'eus le cœur serré en la lui donnant :

— Tu as des projets que j'ignore...

Mais il ne me répondit pas. Il me dit :

— Tu sais, ma chute sur la Terre... c'en sera demain l'anniversaire...

然後，恬靜一下仔了後伊佫講：
「我降落个所在離遮真近……」
講煞了後，伊个面紅起來。

Puis, après un silence il dit encore :
— J'étais tombé tout près d'ici...
Et il rougit.

唔知為啥麼，我又佫感覺一種莫名个痛苦。有一個問題出現徛
我个頭殼內：
「所以八工前，我拄拄仔熟似汝个邒個早起，汝家己一個人，
徛一個離有人蹛个地區一千八百外公里个所在安爾行，並唔是無
理由个！汝要卜轉來汝以前降落个地點？」
小王子个面又佫紅起來。
我心內無啥麼確定，又佫加問一句：
「是唔是因為滿一年也？」
小王子个面又佫一擺變紅。伊從來都唔回答問題，但是，佣若
是面變紅，意思著是「無唔著」，敢唔是？

Et de nouveau, sans comprendre pourquoi, j'éprouvai un chagrin
bizarre. Cependant une question me vint :
— Alors ce n'est pas par hasard que, le matin où je t'ai connu, il y a
huit jours, tu te promenais comme ça, tout seul, à mille milles de toutes
les régions habitées ! Tu retournais vers le point de ta chute ?
Le petit prince rougit encore.
Et j'ajoutai, en hésitant :
— À cause, peut-être, de l'anniversaire ?...
Le petit prince rougit de nouveau. Il ne répondait jamais aux
questions, mais, quand on rougit, ça signifie « oui », n'est-ce pas ?

「啊！」我對小王子講，「我足驚……」

姆佫伊應講：

「汝即馬應該做工課，汝必須愛轉去汝个機器迒。我會佇遮等汝，汝明仔暗即佫來……」

但是我真獪放心。我會記咧狐狸个故事，佀若是恆人馴養了後，著有可能流一點仔目屎……

— Ah ! lui dis-je, j'ai peur...

Mais il me répondit :

— Tu dois maintenant travailler. Tu dois repartir vers ta machine. Je t'attends ici. Reviens demain soir...

Mais je n'étais pas rassuré. Je me souvenais du renard. On risque de pleurer un peu si l'on s'est laissé apprivoiser...

第二十六章　XXVI

　　徛邻口井个邊仔，有一堵古早茨賭落來个石頭牆仔。我第二工暗時工課做煞，佫來揣我个小王子个時陣，遠遠著看著伊坐徛邻堵牆仔頂頭，兩支骹吊懸懸，而且我聽著伊咧講話：
　　「所以汝繪記咧也？」伊講，「我想恰若唔是遮！」
　　應該有另外一個聲音回答伊即對，因為我聽著伊佫回喙講：
　　「著！著！是今仔日無錯，唔佫唔是告個所在……」

Il y avait, à côté du puits, une ruine de vieux mur de pierre. Lorsque je revins de mon travail, le lendemain soir, j'aperçus de loin mon petit prince assis là-haut, les jambes pendantes. Et je l'entendis qui parlait :
— Tu ne t'en souviens donc pas ? disait-il. Ce n'est pas tout à fait ici !
Une autre voix lui répondit sans doute, puisqu'il répliqua :
— Si ! Si ! c'est bien le jour, mais ce n'est pas ici l'endroit...

　　我趕緊向牆仔行過去，但是看無啥麼人嗎無聽著有人咧講話。奇怪个是小王子又佫回喙：
　　「……當然，汝會使咧看我留徛沙頂頭个骹印位邻位開始，汝只要徛迒等我著好，今仔日暗時我會去。」
　　我行到離牆仔只有二十公尺个所在，猶原無看著啥麼。

Je poursuivis ma marche vers le mur. Je ne voyais ni n'entendais toujours personne. Pourtant le petit prince répliqua de nouveau :
— ... Bien sûr. Tu verras où commence ma trace dans le sable. Tu n'as qu'à m'y attendre. J'y serai cette nuit.
J'étais à vingt mètres du mur et je ne voyais toujours rien.

小王子恬靜一下仔了後又佫講：

「汝个毒液有效麼？汝確定繪恆我痛苦俩久？」

我停落來，歸個人待崆咧，心肝結歸球，但是我一點仔都聽無。

「現在汝走……」伊講，「我要尉落來！」

Le petit prince dit encore, après un silence :

— Tu as du bon venin ? Tu es sûr de ne pas me faire souffrir longtemps ?

Je fis halte, le cœur serré, mais je ne comprenais toujours pas.

— Maintenant va-t'en, dit-il... je veux redescendre !

我个目睭一看向牆仔骹迈，歸個人攏跳起來！著徛迈，有一隻會當徛三十秒著恆人無命个黃蛇，向小王子伊頭攑伊懸懸。我一爿趕緊走過去，一爿摸衫袋仔搭銃，唔佫，因為我發出个聲音，蛇著寬寬仔趄入去沙內底，像一港水慢慢仔消失，而且佫沓沓仔寣入石頭縫，發出一種輕輕細細个金屬聲音。

我走到牆仔邊个時陣，拄拄仔好會當抱著我个小朋友王子，伊歸個面白蒼蒼。

Alors j'abaissai moi-même les yeux vers le pied du mur, et je fis un bond ! Il était là, dressé vers le petit prince, un de ces serpents jaunes qui vous exécutent en trente secondes. Tout en fouillant ma poche pour en tirer mon revolver, je pris le pas de course, mais, au bruit que je fis, le serpent se laissa doucement couler dans le sable, comme un jet d'eau qui meurt, et, sans trop se presser, se faufila entre les pierres avec un léger bruit de métal.

Je parvins au mur juste à temps pour y recevoir dans les bras mon petit bonhomme de prince, pâle comme la neige.

「現在汝走……」伊講,「我欲落來!」

Maintenant va-t'en, dit-il... je veux redescendre !

「這是啥麼情形！汝即馬會佮蛇講話！」

我將伊一直圍咧个金色圍巾敨開，佮伊个鬢邊抹漱，佫恆伊啉水。即馬我啥麼都唔敢問伊，伊兩蕊目睭仁真正經咧看我，雙手佮我个領頤圍咧。我感覺會著伊个心臟，好親像一隻鳥仔著銃了後佫欲死去个心跳。伊對我講：

「我真歡喜汝會當揣著汝个機器所需要个物件，汝會使咧轉去也……」

「汝哪以知影？」

我真正著是欲來佮伊講，超出我个意料，我成功也！

小王子無回答我个問題，但是伊講：

「我嗎共款，今仔日我欲來轉也……」

然後，有一點仔憂傷：

「还加足遠……加足困難个……」

— Quelle est cette histoire-là ! Tu parles maintenant avec les serpents !

J'avais défait son éternel cache-nez d'or. Je lui avais mouillé les tempes et l'avais fait boire. Et maintenant je n'osais plus rien lui demander. Il me regarda gravement et m'entoura le cou de ses bras. Je sentais battre son cœur comme celui d'un oiseau qui meurt, quand on l'a tiré à la carabine. Il me dit :

— Je suis content que tu aies trouvé ce qui manquait à ta machine. Tu vas pouvoir rentrer chez toi...

— Comment sais-tu ?

Je venais justement lui annoncer que, contre toute espérance, j'avais réussi mon travail !

Il ne répondit rien à ma question, mais il ajouta :

— Moi aussi, aujourd'hui, je rentre chez moi...

Puis, mélancolique :

— C'est bien plus loin... c'est bien plus difficile...

我感覺會出來有一寡特別个戴誌咧發生。我將小王子攬牢牢，親像咧抱一個細漢囝仔，也呣佮伊恰若直直墜落去一個無底个深坑共款，安怎扭都扭繪牢……

Je sentais bien qu'il se passait quelque chose d'extraordinaire. Je le serrais dans les bras comme un petit enfant, et cependant il me semblait qu'il coulait verticalement dans un abîme sans que je pusse rien pour le retenir...

伊个眼神非常嚴肅，看位足遠个所在去：
「我有汝畫个綿羊，嘛有箱仔，也佮有喙套……」
伊現出一個哀愁个笑容。
我等足久，即感覺小王子个身軀漸漸溫暖起來：
「囝仔兄，汝有驚著……」
伊當然有驚著！呣佮伊溫溫仔笑起來：
「今仔日暗時我可能會佮較驚……」
我又佮一擺，歸身軀恆一種無法度挽回个感覺束縛，變伊冷冰冰。我知影家己無法度忍受永遠都繪當佮聽著小王子个笑聲，對我來講，這著親像徛沙漠內面个泉水共款。

Il avait le regard sérieux, perdu très loin :
— J'ai ton mouton. Et j'ai la caisse pour le mouton. Et j'ai la muselière...
Et il sourit avec mélancolie.
J'attendis longtemps. Je sentais qu'il se réchauffait peu à peu :
— Petit bonhomme, tu as eu peur...
Il avait eu peur, bien sûr ! Mais il rit doucement :
— J'aurai bien plus peur ce soir...
De nouveau je me sentis glacé par le sentiment de l'irréparable. Et je compris que je ne supportais pas l'idée de ne plus jamais entendre ce rire. C'était pour moi comme une fontaine dans le désert.

「囝仔兄，我想欲佫聽汝笑……」

但是伊對我講：

「今暗，著滿一年也，我个星會拄拄仔好徛我舊年降落地點个頂頭……」

「囝仔兄，這啥麼蛇啦、約會啦、也佫星仔个故事，只是一個噩夢，敢唔是……」

但是伊無回答我个問題，伊對我講：

「上重要个，是看獪著个……」

「無唔著……」

— Petit bonhomme, je veux encore t'entendre rire...

Mais il me dit :

— Cette nuit, ça fera un an. Mon étoile se trouvera juste au-dessus de l'endroit où je suis tombé l'année dernière...

— Petit bonhomme, n'est-ce pas que c'est un mauvais rêve cette histoire de serpent et de rendez-vous et d'étoile...

Mais il ne répondit pas à ma question. Il me dit :

— Ce qui est important, ça ne se voit pas...

— Bien sûr...

「比如講花，汝若是愛一蕊徛一粒星頂頭个花，安爾暗時个時陣，攑頭看天頂時，著會感覺足甜蜜，所有个星攏咧開花。」

「無唔著……」

— C'est comme pour la fleur. Si tu aimes une fleur qui se trouve dans une étoile, c'est doux, la nuit, de regarder le ciel. Toutes les étoiles sont fleuries.

— Bien sûr...

「比如講水，汝恆我啉个水，親像音樂共款，因為有滑輪伵索仔……汝會記咧麼……邱個水真好啉。」

「無啥著……」

— C'est comme pour l'eau. Celle que tu m'as donnée à boire était comme une musique, à cause de la poulie et de la corde... tu te rappelles... elle était bonne.

— Bien sûr...

「以後暗時汝會攑頭看星仔，只是我个星傚細，無法度指恆汝看。安爾較好，我个星對汝來講，著是天頂个其中一粒星，那安爾，汝著會愛看所有个星……個攏是汝个朋友。佫來我欲送汝一個禮物……」

伊佫笑起來。

「啊！囝仔兄，囝仔兄，我足愛聽呰個笑聲！」

「著，這著是我个禮物……這著恰若水……」

— Tu regarderas, la nuit, les étoiles. C'est trop petit chez moi pour que je te montre où se trouve la mienne. C'est mieux comme ça. Mon étoile, ça sera pour toi une des étoiles. Alors, toutes les étoiles, tu aimeras les regarder... Elles seront toutes tes amies. Et puis je vais te faire un cadeau...

Il rit encore.

— Ah ! petit bonhomme, petit bonhomme, j'aime entendre ce rire !

— Justement ce sera mon cadeau... ce sera comme pour l'eau...

「汝个意思是啥麼？」

「每一種人个星攏無共。對旅行个人來講，星是焐路个指南；對其他个人來講，星只是一點一點个光；對學者來講，星是需要研究个問題；對生理人來講，星著是黃金。但是，所有个星攏無講話。汝，汝會有一種別人攏無个星……」

— Que veux-tu dire ?

— Les gens ont des étoiles qui ne sont pas les mêmes. Pour les uns, qui voyagent, les étoiles sont des guides. Pour d'autres elle ne sont rien que de petites lumières. Pour d'autres, qui sont savants, elles sont des problèmes. Pour mon businessman elles étaient de l'or. Mais toutes ces étoiles-là se taisent. Toi, tu auras des étoiles comme personne n'en a...

「汝个意思是啥麼？」

「以後汝徛暗時擛頭看天頂个時陣，因為我踮徛其中个一粒星仔頂頭，而且我會徛迻笑，那安爾，對汝來講，著親像所有个星攏咧笑。汝，汝會有會曉笑个星！」

伊又佫笑起來。

— Que veux-tu dire ?

— Quand tu regarderas le ciel, la nuit, puisque j'habiterai dans l'une d'elles, puisque je rirai dans l'une d'elles, alors ce sera pour toi comme si riaient toutes les étoiles. Tu auras, toi, des étoiles qui savent rire !

Et il rit encore.

「後擺汝需要安慰个時陣（伯一直需要安慰），汝著會真歡喜有熟似我。汝永遠攏是我个朋友，汝會希望佮我做伙笑。有時陣汝會拍開窗仔門，乾那為著歡喜爾爾……阿汝个朋友看著汝趄看天頂趄笑，個會感覺真奇怪，汝著會佮個講：『著，星星攏會恆我愛笑！』個一定會叫是汝起猶，其實是我佮汝創治……」

伊又佫笑起來。

「這著親像我，咈是恆汝星星，是恆汝足濟足濟會曉笑个鈴鐺……」

伊又佫笑起來，然後佫變作真嚴肅：

「今暗……汝知影……咈通來。」

「我無愛離開汝。」

「我會看起來足痛苦……看起來恰若欲死去，無法度，著是安爾。咈通來看這，無必要……」

— Et quand tu seras consolé (on se console toujours) tu seras content de m'avoir connu. Tu seras toujours mon ami. Tu auras envie de rire avec moi. Et tu ouvriras parfois ta fenêtre, comme ça, pour le plaisir... Et tes amis seront bien étonnés de te voir rire en regardant le ciel. Alors tu leur diras : « Oui, les étoiles, ça me fait toujours rire ! » Et ils te croiront fou. Je t'aurai joué un bien vilain tour...

Et il rit encore.

— Ce sera comme si je t'avais donné, au lieu d'étoiles, des tas de petits grelots qui savent rire...

Et il rit encore. Puis il redevint sérieux :

— Cette nuit... tu sais... ne viens pas.

— Je ne te quitterai pas.

— J'aurai l'air d'avoir mal... j'aurai un peu l'air de mourir. C'est comme ça. Ne viens pas voir ça, ce n'est pas la peine...

「我無愛離開汝。」

小王子看起來真煩惱。

「我佮汝講這⋯⋯嗎是因為蛇个關係。千萬唔通恆蛇佮汝咬⋯⋯蛇真歹,個有時為著好爽著咬人⋯⋯」

「我無愛離開汝。」

小王子恰若想著啥麼恆伊放心个戴誌:

「有影,個咬第二喙時,著無毒液也⋯⋯」

— Je ne te quitterai pas.

Mais il était soucieux.

— Je te dis ça... c'est à cause aussi du serpent. Il ne faut pas qu'il te morde... Les serpents, c'est méchant. Ça peut mordre pour le plaisir...

— Je ne te quitterai pas.

Mais quelque chose le rassura :

— C'est vrai qu'il n'ont plus de venin pour la seconde morsure...

邻暗我無看著伊出發，伊是恬恬仔走仝。我迌著伊仝時陣，伊仝骹步真堅定，行足緊，伊乾那對我講：

「啊！汝徛遮⋯⋯」

伊來牽我仝手，嗨佫猶原真煩惱：

「汝錯嘍，汝會真艱苦，我會看起來親像死去共款，嗨佫嗯是真仝⋯⋯」

我恬恬無講話。

「汝知影，迂俩遠，我繪使咧帶呰個身軀去，俩重。」

我恬恬無講話。

「這著親像一層無人愛仝老樹皮，老樹皮並嗯是使人哀傷仝物件⋯⋯」

我恬恬無講話。

Cette nuit-là je ne le vis pas se mettre en route. Il s'était évadé sans bruit. Quand je réussis à le rejoindre il marchait décidé, d'un pas rapide. Il me dit seulement :

— Ah ! tu es là...

Et il me prit par la main. Mais il se tourmenta encore :

— Tu as eu tort. Tu auras de la peine. J'aurai l'air d'être mort et ce ne sera pas vrai...

Moi je me taisais.

— Tu comprends. C'est trop loin. Je ne peux pas emporter ce corps-là. C'est trop lourd.

Moi je me taisais.

— Mais ce sera comme une vieille écorce abandonnée. Ce n'est pas triste les vieilles écorces...

Moi je me taisais.

小王子有一點仔無奈，唔佫伊閣放棄：

「汝知影，這足好兮，以後我嘛會看星仔，所有个星攏會變作一座一座有生鉎滑輪个井，所有个星攏會恆我啉水……」

我恬恬無講話。

「這足好爽兮！汝會有五億個鈴鐺，我會有五億個水泉……」

小王子嘛恬靜落來，因為伊咧哭……

Il se découragea un peu. Mais il fit encore un effort :

— Ce sera gentil, tu sais. Moi aussi je regarderai les étoiles. Toutes les étoiles seront des puits avec une poulie rouillée. Toutes les étoiles me verseront à boire...

Moi je me taisais.

— Ce sera tellement amusant ! Tu auras cinq cents millions de grelots, j'aurai cinq cents millions de fontaines...

Et il se tut aussi, parce qu'il pleurait...

「著是遮，汝恆我家己行一步過去。」

伊跔落去坐佇土骹，因為伊俩驚。

伊繼續講：

「汝知影……我个花……我愛對伊負責！伊是赫爾仔脆弱！又佫赫爾仔天真。伊乾那有四支無啥麼路用个刺來保護家己，對抗咺個世界……」

— C'est là. Laisse-moi faire un pas tout seul.

Et il s'assit parce qu'il avait peur.

Il dit encore :

— Tu sais... ma fleur... j'en suis responsable ! Et elle est tellement faible ! Et elle est tellement naïve. Elle a quatre épines de rien du tout pour la protéger contre le monde...

我嘛坐落來，因為我已經徛𣍐牢。伊講：

「好……著是安爾……」

伊猶佫有一點仔遲疑，然後伊徛起來，向前行一步。我，我無法度振動。

徛伊个骹領只是閃現一道黃色个光，伊徛亭亭，無振動，無出聲，然後像一欉樹仔共款，寬寬仔、匀匀仔倒落來，因為有沙，所以連一點仔聲音都無。

Moi je m'assis parce que je ne pouvais plus me tenir debout. Il dit :

— Voilà... C'est tout...

Il hésita encore un peu, puis il se releva. Il fit un pas. Moi je ne pouvais pas bouger.

Il n'y eut rien qu'un éclair jaune près de sa cheville. Il demeura un instant immobile. Il ne cria pas. Il tomba doucement comme tombe un arbre. Ça ne fit même pas de bruit, à cause du sable.

伊像一欉樹仔共款,寬寬仔、勻勻仔倒落來。

Il tomba doucement comme tombe un arbre.

第二十七章　XXVII

現在，當然，已經六年也……我猶未佮別人講過呰個故事。佫看著我个同事攏真歡喜我猶佫活咧，我歸個人足憂悶，但是我攏佮個講：「是疲勞个關係啦……」

即馬我感覺較繪赫爾仔艱苦，也著是講……並無完全變好。但是我知影伊已經轉去伊个星球也，因為，天光个時陣，我揣無伊个身軀，伊个身軀並唔是講真重……即馬我足愛佇暗時聽星星，著親像五億個鈴鐺……

Et maintenant, bien sûr, ça fait six ans déjà... Je n'ai jamais encore raconté cette histoire. Les camarades qui m'ont revu ont été bien contents de me revoir vivant. J'étais triste mais je leur disais : « C'est la fatigue... »

Maintenant je me suis un peu consolé. C'est-à-dire... pas tout à fait. Mais je sais bien qu'il est revenu à sa planète, car, au lever du jour, je n'ai pas retrouvé son corps. Ce n'était pas un corps tellement lourd... Et j'aime la nuit écouter les étoiles. C'est comme cinq cents millions de grelots...

也唔佫有一件奇妙个戴誌發生。我畫恆小王子个邰個喙套，我繪記咧加一條皮帶！伊永遠都無法度佮喙套套佇綿羊个喙頂。所以我心內咧想：「佇小王子个星球頂會發生啥麼戴誌呢？無的確綿羊已經佮花食掉也……」

Mais voilà qu'il se passe quelque chose d'extraordinaire. La muselière que j'ai dessinée pour le petit prince, j'ai oublié d'y ajouter la courroie de cuir ! Il n'aura jamais pu l'attacher au mouton. Alors je me demande : « Que s'est-il passé sur sa planète ? Peut-être bien que le mouton a mangé la fleur... »

有時陣，我心內想：「當然繪！小王子會逐暗佃伊个花园徛玻璃罩內面，伊會真注意伊个綿羊……」想到遮，我著會真歡喜，所有个星星嗎攏歡歡喜喜咧笑。

　　唔佫過一時仔了後，我又佫想：「萬一佁若是無注意，安爾著壞啊！假使有一暗，伊繪記玻璃罩，抑是暗時綿羊恬恬仔偷走出來……」想到遮，所有个鈴鐺攏咧流目屎！

Tantôt je me dis : « Sûrement non ! Le petit prince enferme sa fleur toutes les nuits sous son globe de verre, et il surveille bien son mouton... » Alors je suis heureux. Et toutes les étoiles rient doucement.

Tantôt je me dis : « On est distrait une fois ou l'autre, et ça suffit ! Il a oublié, un soir, le globe de verre, ou bien le mouton est sorti sans bruit pendant la nuit... » Alors les grelots se changent tous en larmes !...

這真是足神秘个戴誌。對恁逐家愛小王子个人來講，對我嗎共款，如果徛一個佁唔知影郎位个所在，一隻佁唔訓看過个綿羊，有抑是無，佃一蕊玫瑰食掉，安爾歸個宇宙都攏變嘍……

　　撁頭來看天頂，問看覓：「綿羊有抑是無佃花食掉？」然後，汝會發現一切攏無共款……

　　永遠無一個大人會當瞭解這有若爾仔重要！

C'est là un bien grand mystère. Pour vous qui aimez aussi le petit prince, comme pour moi, rien de l'univers n'est semblable si quelque part, on ne sait où, un mouton que nous ne connaissons pas a, oui ou non, mangé une rose...

Regardez le ciel. Demandez-vous : « Le mouton oui ou non a-t-il mangé la fleur ? » Et vous verrez comme tout change...

Et aucune grande personne ne comprendra jamais que ça a tellement d'importance !

對我來講，這是世界上上嬌嗎是上悲傷个風景。伊佁頂一頁个風景共款，嗯佫我佫畫一擺恆逐家看，著是徛這，小王子徛地球頂出現，然後又佫消失。

請恁逐家斟酌看，確定以後若是有一工汝去非洲沙漠旅行時，會當認出兮個所在。如果汝有法度經過迋，我懇求逐家，嗯倯趕狂，徛邠粒星下骹小等一下！假使有一個囝仔向汝行過來，伊咧笑，伊有金色个頭毛，伊攏無愛回答問題，恁一定臆會著伊是啥人。那安爾，拜託咧！嗯倯放我偌爾仔悲傷：趕緊寫批佁我講伊已經轉來也……

Ça c'est, pour moi, le plus beau et le plus triste paysage du monde. C'est le même paysage que celui de la page précédente, mais je l'ai dessiné une fois encore pour bien vous le montrer. C'est ici que le petit prince a apparu sur terre, puis disparu.

Regardez attentivement ce paysage afin d'être sûrs de le reconnaître, si vous voyagez un jour en Afrique, dans le désert. Et, s'il vous arrive de passer par là, je vous en supplie, ne vous pressez pas, attendez un peu juste sous l'étoile ! Si alors un enfant vient à vous, s'il rit, s'il a des cheveux d'or, s'il ne répond pas quand on l'interroge, vous devinerez bien qui il est. Alors soyez gentils ! Ne me laissez pas tellement triste : écrivez-moi vite qu'il est revenu...

本書翻譯重點說明

一、這份翻譯工作,是譯者直接由法文原文翻譯而成。自二〇一五年一月到三月,先以錄音方式,嘗試不經過中文,在腦中以臺語思考來進行翻譯。真正動筆一字一字地學習、翻查字典來書寫臺語譯文,則是自二〇一九年六月開始。

二、本譯文的臺語用字依據是楊青矗先生所編著的《台華雙語辭典》。楊先生是撰著臺語辭典的先驅,深具文字學和聲韻學的求證精神,譯者個人認為儘管楊先生和目前教育部的《臺灣閩南語常用詞辭典》一小部分的用字觀念不同,其用字仍然值得重視和採用,可視為臺語用字的多元思考範例。

三、譯文中有三十八個字是在目前電腦軟體中找不到的字,必須經由電腦造字程序才能打出。為了方便讀者辨識,請參見本書附錄之特殊用字表。

四、一九九九年時,法國Gallimard出版社依據一九四三年作者在世時,於美國出版的首版印刷本,為法國版的《小王子》進行了詳細的校對工作,因而發現兩者之間的差異。比較著名的例子有以下幾個,例如:在第二章中出現的小王子畫像,其長袍外層顏色原為湖綠色,在法國出版時卻變成藍色;在第四章中,第一張插圖原應有一顆星星在天文望遠鏡的前方,法國版卻遺漏了;在同一章裡,第二段提到的行星編號舉例,美國版是「小行星325」,法國版誤植為「小行星3251」;在第六章中,美國版的小王子說自己曾經有一次在一天中看了四十四次夕陽,法國版的小王子直到一九九九年修訂前都只有看了四十三次。

本書翻譯時所依據的法文版本是經過一九九九年校對之後的版本。

五、法國Gallimard出版社於二〇一三年，將現存於紐約摩根圖書暨博物館 (The Morgan Library & Museum) 的《小王子》作者真跡手稿，以真跡複製品及繕寫本合併的方式，出版了精裝本的《小王子》手稿版。譯者在所購得的這本《小王子》手稿版中，印證了一個長久以來的困惑：為什麼在第二十章最後的句子：「他趴在草地上，哭了起來。」，那一張原本應該配合這個句子的全頁彩色插圖，在已出版的《小王子》中卻被置放在第二十一章的末尾，與狐狸告別的段落？在查閱手稿版時，譯者看到這張插圖的手稿被編輯群準確地接在第二十章文字手稿之後，終於確認自己的疑惑並非無中生有。

　　本書特意將這張全頁彩色插圖，安排在第二十章的末尾，雖然跟一般常見的版本不同，但是譯者以此來誌記手稿版的特色。

　　六、根據上述之《小王子》手稿版，本譯本將第十二章的酒徒插圖，移到配合本章的正確位置，跟法國Gallimard出版社的通行版本不同。在流通最廣的《小王子》版本中，都在酒徒插圖裡，放入前一章的文字。

《小王子》臺文版翻譯緣起

一本書可以陪伴人多久？這實在是個無解，也可能有千萬解的問題。我只能依照自己的經驗說：自高一國文老師介紹認識到現在，《小王子》已經陪伴我四十年了。

十六歲時看的是中文版，後來又買了中英對照版和中法對照版。接著遇見了和作者同為法國人的夫婿，因此收到了法文版精裝本的禮物。而在旅行走過一些地方後，現在在我書架上的小王子說著法文、中文、日文、丹麥文、古埃及象形文、威尼斯語以及法國東部的亞爾薩斯語。

《小王子》，全世界除了《聖經》以外，被翻譯成最多語言的一本書。

「那，Le Petit Prince有沒有臺語版？」許多年前外子問我。

好問題。從十六歲就開始看《小王子》的我，為什麼從來沒想過小王子可以開口說臺語？

「嗯……好像沒有……」有點心虛。

「那太好了，妳可以試試看。」

「啊？我？可是我不會寫臺語，很多字詞根本不知道怎麼寫，我只會說。」

「沒關係，我們回臺灣時去買一本臺語字典。」

後來，字典是買了，可是我根本沒信心去跨越那道無形的高牆。無法書寫自己從小就會聽會說的母語，這件事實從過去未曾浮現的狀態，演變成為今日刺刮心頭的障礙。

「那，先試試用說的好了。我來試看看不要通過中文，而是看著法文原文，直接用臺語翻譯，不寫，先錄音。」確立了嘗試方法後，我又去買了外形像個迷你遙控器的數位錄音機，果真在二〇一五年一月開始了一段摸索的路程。

回望那段時日的自己，似乎頗像一條鮭魚在汪洋中尋覓，想要嗅聞出那源於祖河的氣味。儲藏在大腦某一區域的語音，試著掙脫曾被禁錮又被宣揚的曲折鏈鎖，回到我的舌尖上，重新發聲。

整本《小王子》，從前言到尾聲，我一一錄下了自己彷彿準備參加臺語演員甄選的聲音，小心地儲存在電腦裡。並且將需要推敲，不確定臺語說法的詞彙，一個一個地列表紀錄。然後，又是幾年的沉寂。

有一天，在目前居住的城，里爾，一家特別為《小王子》闢了一整個書架，擺售了世界上各種不同語言版本的《小王子》的書店裡，店長聊著說她的網站上有來自四面八方的訂購者，很多人收藏《小王子》，就算是自己從來沒學過的語文版本。

「您的母語是臺語？和中文不一樣？那真地值得把臺語版翻譯出來。」

半百之年，在異鄉，被一位根本不懂臺語也沒學過中文的女士鼓勵回頭凝視自己的生命根系，我的喉頭肌肉有點僵緊。

真正跨出第一步，一字一字在楊青矗先生所編著的《台華雙語辭典》裡翻尋默念，已經是二〇一九年六月的事了。

離開母親子宮後所聽到的第一種語言，自以為熟稔的這個語言，真要握筆書寫或是敲打鍵盤時，卻發覺自己啞然無聲。

我的母語不是我在學校受教育時的工具語言，這樣的處境並非只發生在臺灣，也不是只有我這一世代才經歷的成長過程，可是，橫在眼前的事實逼使我必須赤裸地面對自己：阿公阿嬤跟爸爸媽媽，他們思考時所用的語言，並不是我腦海中的這種語言；我認識世界的語言是以北京語為基礎的中文，當然是使用漢字，可是發音、用詞和我的母語有極大的差異。

為了書寫，我必須從頭學習自己的母語，在自己五十五歲的那一年。

數個季節的跋涉，終於走到這裡，可以提筆為這整個路途寫一篇文字記錄，說說自己和小王子的緣分，還有重返紅嬰時期學習說話的心情。

　　最後，我想把這一顆小小果實獻給已經到另外一顆星球去的四個人。

　　首先是出生於一九〇二年的鍾萬順先生，其次是出生於一九〇四年的鍾李月女士。婚後生育了十二個孩子的他們，將珍愛的小女兒取名為阿金。

　　第三位是出生於一九一二年的劉田先生，第四位是出生於一九一三年的劉陳招治女士。一生辛勞，過了四十歲以後才脫離佃農身分的他們，則是將殷殷期盼都放在長子身上，極其慎重地將他取名為識文。

　　阿金與識文經由媒妁之言於一九六三年結婚，隔年生下了第一個孩子。當然，這個女孩當時並不知道，自己後來會在二〇二〇年的春天完成用母語來翻譯《小王子》的夢想。

　　我想告訴他們：「阿公、阿嬤，我是阿玲啦！我佣一本足有名个法國冊翻譯做臺語喔！冊名叫做小、王、子……」

這本書和這個人

一、關於《小王子》這本書：

☆ 一九四三年四月，英文版和法文版於紐約誕生，一九四六年才首次在巴黎發行，到目前已被翻譯成至少二百多種的語言，全世界有數百種不同的版本，問世至今已賣出遠遠超過一億本，是法國文學作品中，在世界上被翻譯成最多種語言及擁有最多讀者的一本書，也是僅次於《聖經》，全世界被翻譯成最多種語言的一本書。

☆ 二〇〇四年十月法國的《閱讀》（Lire）雜誌選出的「法國人最喜歡的一百本書」中，《小王子》名列第三，僅次於《聖經》及法國大文豪雨果的《悲慘世界》。

☆ 二〇一四年年底，法國公共電視台France 5的讀書節目「大書店」(La Grande Librairie)，公布該年度「改變你生命的一本書」活動投票結果，第一名是《小王子》，雨果的《悲慘世界》名列第二十名。

☆ 在太空中，有三顆小行星分別被命名為「Saint-Exupéry」、「Petit Prince」及「B 612」。

☆ 二〇〇二年法國太空人Philippe Perrin在前往國際太空站的任務中，唯一攜帶的書，就是《小王子》。

☆ 二〇一六年，在臉書上發表太空任務圖文，引發熱潮的法國太空人Thomas Pesquet，他所帶到國際太空站閱讀的書，也是《小王子》。

二、關於《小王子》的作者安托尼·德聖埃克須佩里：

☆ 一九〇〇年六月二十九日出生於法國的里昂 (Lyon)，是家中的第三個孩子，父母親都來自古老、有貴族血統的家庭。

☆ 一九〇四年三月十四日，父親因腦出血遽逝，得年四十一歲。當時母親 才二十九歲，五個孩子分別是瑪麗－瑪德蓮 (Marie-Madeleine)七歲多，西蒙娜 (Simone)六歲多，安托尼 (Antoine)三歲多，弗朗索瓦 (François)兩歲，加布麗埃爾 (Gabrielle)十個月。

☆ 一九一七年七月十日，十五歲的弟弟弗朗索瓦去世，由安托尼為他闔上雙眼，並拍下照片。他生前所說的話，「別害怕，我不難過，我不痛……你知道，路途太遠了，我不能把這個身軀帶去那裏，它太重了。」後來出現在《小王子》。最後他交待哥哥：「不要忘記寫下這一切……」二十五年後，安托尼寫出《戰地飛行員》(Pilote de guerre)記述了這些故事。

☆ 一九二一年服兵役時，開始學習駕駛飛機。一九二三年與 Louise de Vilmorin訂婚，後來又解除婚約。

☆ 一九二六年開始駕駛郵政飛機的工作。一九二九年，第一部小說《南方郵機》(Courrier Sud)出版，此書後來被改編成電影。

☆ 一九三一年，為了開闢新航線被公司指派到阿根廷首都工作，認識了後來的妻子Consuelo，兩人不久即訂婚、結婚。生於薩爾瓦多的她，當時是Enrique Gomez Carrillo (曾任阿根廷駐法國大使，並安葬於巴黎的Père-Lachaise墓園)的遺孀。

☆ 同一年，《夜間飛行》(Vol de nuit)出版並獲得法國費明娜 (Fémina)文學獎。

☆ 一九三五年十二月二十九日出發，為了打破當時巴黎—西貢 之間的飛行記錄(五天又四小時)，結果飛機失事，他和技 師一起受困於利比亞的沙漠三天，後來被一個貝督因人的 沙漠商隊拯救。

☆ 一九三六年到西班牙採訪內戰新聞，認識了美國作家海明 威。

☆ 一九三九年，第三本書《Terre des hommes》(英文版書名： Wind, Sand and Stars)出版，本書榮獲法國法蘭西學院小說大 獎及美國國家圖書獎。不久之後，法國對德國宣戰，同年 九月，安托尼被徵調加入空軍偵察隊。

☆ 一九四○年六月十四日德軍控制巴黎。六月十八日戴高 樂 (Charles de Gaulle) 在倫敦透過BBC廣播呼籲法國人反抗德 軍。六月二十二日德國與法國的貝當 (Pétain)政府簽下停戰 協定。六月二十五日法國分裂為二，一為德軍控制區，一 為自由區，但是後者在一九四二年十一月之後也被德軍控 制。

☆ 一九四○年初秋，安托尼準備赴美前夕，南下到普羅旺斯 的Cabris村向母親辭行，這是母子最後一次相見。一九四一 年底，妻子和他在紐約相聚。同年十二月七日珍珠港事件 爆發。

☆ 一九四二年二月《戰地飛行員》在美出版，英文書名為 《Flight to Arras》，同時，他也寫了《給人質的一封信》 (Lettre à un otage)獻給他的猶太朋友Léon Werth。

☆ 一九四三年四月六日，《小王子》在紐約出版，題詞表明 要獻給Léon Werth。同時他早已想要回法國再投入戰場。

一九四三年六月，安托尼離開美國前往北非受訓。一九四四年六月六日，美、英、加軍在諾曼第半島登陸成功。同年七月，在科西嘉島的空軍基地，他負責法國海岸的空中攝影工作，為不久(八月十五日)法美聯軍的普羅旺斯登陸作準備。七月三十一日早上八點三十分，安托尼自Borgo基地起飛，準備前往拍攝里昂以東地區，直到中午仍未返航，從此消逝。

 一九九八年九月七日，他的鏈形手鐲(上面刻有他及妻子的姓名)在馬賽外海被漁夫撈獲。二〇〇三年九月，他的飛機殘骸(如今被收藏在巴黎郊區的航空博物館)在馬賽東南方的Riou島附近海底被尋獲。

 二〇〇八年三月，一位高齡八十八歲的德國二次大戰老兵Horst Pippert出書，聲稱是自己當年射落了安托尼‧德聖埃克須佩里的P-38飛機。他說自己後來非常懊惱自責，「如果我知道那是《小王子》作者的飛機，我就不會射擊。」

本書臺語譯文之特殊用字表

(按本書用字出現先後排列)

編號	本書用字	楊青矗之造字	教育部臺灣閩南語常用詞辭典之用字	中文解釋
1	个	是	的	表示所有格或形容詞詞尾，義同「的」。
2	逤	是	綴	義同「跟隨在後」、「模仿」。
3	恆	是	予	義同「給與」、「被」、「讓」、「使」。
4	斁		欲	義同「要」、「將要」。
5	徛	是	佇	助動詞，介詞，義同「在」。
6	垈	是	彼	單數代名詞，與「這」相對，義同「那」。
7	個		個	第三人稱複數，義同「他們」。

編號	本書用字	楊青矗之造字	教育部臺灣閩南語常用詞辭典之用字	中文解釋
8	伨	是	共；佮	用法甚多，義同「把」、「將」、「向」、「與」、「及」、「和」、「得」、「到」、「地」、「既」、「若」、「哪」、「配合」、「夾帶」、「附送」、「附著合併」、「給」等。
9	迂	是	遐	1.遠處指示代名詞，義同「那裏」，與「遮」相對。 2.義同「那些」。
10	揢	是	揣	義同「尋找」。
11	詗		捌	義同「知曉認識」、「曾經」。
12	獪		袂	義同「不能」、「不會」。
13	徛	是	咧	助動詞，正在進行的動作，同「正在」。
14	桶	是	通	義同「可以」。
15	焗	是	焦	義同「乾」。

編號	本書用字	楊青矗之造字	教育部臺灣閩南語常用詞辭典之用字	中文解釋
16	俆	是	傷	義同「太」。
17	郎	是	佗	義同「何處」、「哪」。
18	瞩		覓	義同「探試」、「看看」、「察視」。
19	趒	是	那	義同「一面…一面…」、「邊…邊…」。
20	炁		炁	義同「引導」、「帶領」。
21	揢	是	捏	義同「捏」、「握」、「擠」。
22	綏	是	絚	義同「緊」。
23	怲		愣	1.指吃驚、頭暈。 2.義同「發愣」。
24	憗	是	掣	指因恐懼或寒冷而不停地發抖。
25	搔	是	擲	義同「丟擲」、「投」、「丟下不管」。
26	恬	是	煞	本譯文中是指「被風迎著面掃到」。

編號	本書用字	楊青矗之造字	教育部臺灣閩南語常用詞辭典之用字	中文解釋
27	牢	是	牢	指緊密結合，同「著」、「住」、「上」。
28	嬒		莫	義同「別」、「莫」、「不要」，表勸止。
29	礦		璇	名詞，指金剛石。
30	柱	是	竗	指裁直式地豎立在地上。
31	踥		唊	義同「擠進」、「擁擠」、「卡住」。
32	跙		跙	義同「向高處爬」、「攀登」、「起來」、「站起」。
33	伙	是	埔	義同「男人」，例如「查伙人」。
34	麩		麭	外來語，源自日語的「パン」，義同「麵包」。
35	姆	是	某	義同「女人」、「妻子」。
36	迍	是	逐	義同「在後面追趕」、「奔波追尋」。

編號	本書用字	楊青矗之造字	教育部臺灣閩南語常用詞辭典之用字	中文解釋
37	宭	是	𨂿	義同「穿」、「鑽」、「擅於鑽營的」。
38	猄		痯	義同「瘋狂」、「動物發情」。

楊青矗本及教育部臺灣閩南語常用詞辭典之字詞比較表

(按本書使用字詞出現先後排列，
加上*記號者為已出現於特殊用字表中的字體)

編號	本書使用字詞	楊青矗之造字	教育部臺灣閩南語常用詞辭典使用字詞	中文用詞	本書舉例
1	佚佗		迌𨑨	遊玩	伊走去佚佗
2	个*	是	的	的	伊走去佚佗个時陣
3	逤*	是	綴	跟、跟著	逤一陣候鳥走
4	恆*	是	予	給 讓	獻恆Léon Werth 為著要恆大人會當瞭解
5	欲*	俗用字	欲	要	我欲請小朋友原諒我
6	個		个	個	一個大人
7	呰		這	這	呰本冊

編號	本書使用字詞	楊青矗之造字	教育部臺灣閩南語常用詞辭典使用字詞	中文用詞	本書舉例
8	徎*	是	佇	在	我徎世界上上好个朋友
9	即馬		這馬	現在	呰個大人即馬蹛徎法國
10	又佫…又佫…		又閣…又閣…	又…又…	伊又佫枵又佫寒
11	遮个*		遮的	這些	遮个理由
12	那安爾		若按呢	如果這樣	那安爾，我著將呰本冊……
13	著		就	就	我著將呰本冊……
14	呣佫		毋過、猶毋過	不過	呣佫真少大人會記呰件戴誌
15	戴誌		代誌	事情	呰件戴誌
16	這都是		這就是	這就是	這都是郘幅圖个複製圖

編號	本書使用字詞	楊青矗之造字	教育部臺灣閩南語常用詞辭典使用字詞	中文用詞	本書舉例
17	郃*	是	彼	那	郃幅圖
18	搣		提	拿	我將家己个重要作品搣恆大人看
19	唔是		毋是	不是	我个圖唔是畫一頂帽仔
20	佮*	是	佮	和、跟、及、與	地理、歷史、算術佮文法
			共	跟、向	必須愛一直、一直佮個解釋
21	悿		忝	疲倦、累	這足悿兮
22	兮(楊本用「个」，此為譯者的選字)		的(表示狀態或加強語氣的助詞)		這足悿兮

編號	本書使用字詞	楊青矗之造字	教育部臺灣閩南語常用詞辭典使用字詞	中文用詞	本書舉例
23	飛龍機（非楊本用詞）		飛行機	飛機	我去學駛飛龍機
24	迒*	是	遐	那裡	著知影迒是中國抑是亞利桑那
25	伯		咱	我們	如果伯徛暗時揣無路
26	揞*	是	揣	尋找	揞無路
27	詗*		捌	曾經	嗯詗畫過綿羊
28	茨		厝	家、房子	我徛一寡大人个茨生活足久
29	佮*	是	甲	得（副詞，到…的地步，表示所達到的結果或程度）	我會使看大人看佮真倚

179

編號	本書使用字詞	楊青矗之造字	教育部臺灣閩南語常用詞辭典使用字詞	中文用詞	本書舉例
30	獪*		袂	不	我著獪佃伊講蟒蛇
31	嗎		嘛	也	嗎獪講天頂个星星
32	也佫有		猶閣有	還有	也佫有領帶
33	偌爾		遮爾	這麼	一個偌爾明理个人
34	啥麼		啥物	什麼	無啥麼會使好好仔講話个人
35	抐		紮	攜帶	我所抐个水
36	佫較		閣較	更加	我比一個徛海上失事木排頂頭个人佫較孤單
37	若爾		偌爾	多麼	有若爾仔著驚

編號	本書使用字詞	楊青矗之造字	教育部臺灣閩南語常用詞辭典使用字詞	中文用詞	本書舉例
38	恰若		敢若	好像、似乎	恰若恆熠爁電著
39	熠爁		爍爁	閃電	恰若恆熠爁電著
40	扒開		擘開	打開、剝開、睜開、張開	扒開一咧看
41	徛*	是	咧	在、正在	有一個足特別个小朋友真正經徛看我
42	赫		遐	那麼	我畫个無伊本人赫古錐
43	乾那		干焦	只有、僅僅	乾那會曉畫合起來佣拍開个蟒蛇
44	嗯㑒*	是(㑒)	毋通	不可以、不要	嗯㑒燴記咧

編號	本書使用字詞	楊青矗之造字	教育部臺灣閩南語常用詞辭典使用字詞	中文用詞	本書舉例
45	拍毋見路		拍毋見路	迷路	我咁個小朋友看起來無親像拍毋見路
46	焖*	是	焦	乾	喙焖佴
47	屆		改	次	所以我又佫畫一屆
48	俹*	是	傷	太、過分	神秘个戴誌力量俹強
49	位		對(發音為uì)	從(介詞，往某方向前進)	位衫袋仔搣出一張紙
50	襯採		清彩	隨便	我著襯採佫佴畫咁張
51	揞		向(發音為ànn)	低下	伊將頭揞落去看圖
52	則		才	才、方、始	則知影伊位郎位來

編號	本書使用字詞	楊青矗之造字	教育部臺灣閩南語常用詞辭典使用字詞	中文用詞	本書舉例
53	郎*位	是(郎)	佗位	哪裡、哪兒	則知影伊位郎位來
54	哪以安呢		哪會按呢	怎麼會這樣	汝哪以安呢想
55	爽		耍	玩、遊戲	伊較愛爽啥麼
56	若濟		偌濟	多少	伊个爸爸一個月趁若濟
57	囡仔庀		遛疕仔	小鬼頭	將汝當做是囡仔庀
58	斡頭		越頭	回頭	斡頭講遮个故事
59	試看瞨*		試看覓	試試看	我一定會試看瞨咧
60	繪*穗		袂穗	不錯	有當時畫著繪穗
61	趬*⋯⋯趬*⋯⋯	是	那⋯⋯那⋯⋯	一邊⋯⋯一邊⋯⋯	趬畫趬修

編號	本書使用字詞	楊青矗之造字	教育部臺灣閩南語常用詞辭典使用字詞	中文用詞	本書舉例
62	芒角		鋩角	關鍵、重要細節	我嗎有可能記嗬著一寡芒角
63	土骹		塗跤	地上、地面、地板	個偷偷睏徛土骹內底
64	掐*	是	捏	握、捏、擠壓	佃星球掐佃碎糊糊
65	貧憚		貧惰	懶惰	蹛一個貧憚人
66	阢兜		阮兜	我家	我一直叫是徛阢兜
67	綏*	是	絚	緊	有一粒螺絲綏佃拔獪起來
68	撽掉		敲掉	敲掉	我著用搢槌仔佃撽掉
69	怳怳*	俗用字	愣愣	愣愣地、傻住了	小王子歸面怳怳看我

編號	本書使用字詞	楊青矗之造字	教育部臺灣閩南語常用詞辭典使用字詞	中文用詞	本書舉例
70	氣憌*憌*	是(憌)	氣掣掣	氣得發抖	小王子氣憌憌
71	紅瞿瞿		紅記記	紅彤彤	頂頭蹛一個紅瞿瞿先生
72	合意		佮意	中意、喜歡	伊合意徛幾仔百萬星球中，乾那一蕊个花
73	搖*掉	是(搖)	擲掉	丟掉	我將手內个傢俬頭搖掉
74	哈肺		哈唏	打哈欠	一爿哈肺一爿講
75	阿咾		呵咾	讚美	小王子忍不住阿咾伊
76	旋蕌(譯者母親的用詞)		漩桶	澆水器	一個沃花个旋蕌

編號	本書使用字詞	楊青矗之造字	教育部臺灣閩南語常用詞辭典使用字詞	中文用詞	本書舉例
77	恬*著風	是(恬)	煞著風	被風迎面掃到而感到氣息不順	但是我足驚恬著風
78	拄即		拄才	剛才	我拄即欲去掃
79	徑*欲*	是(徑)	唎欲	快要、將要	汝徑欲走也
80	嬿*		莫	不要	嬿安爾拖
81	忍繪*牢*	是(牢)	忍袂牢	忍不住	我忍繪牢
82	哼		哼	哼	國王聽著安爾哼兩聲了後
83	扭		捥	拉、扯	伊伊个白鼬鼠皮長袍扭一寡仔過去
84	溜起來		遛起來	脫、褪	自負个人伊帽仔小可溜起來

編號	本書使用字詞	楊青矗之造字	教育部臺灣閩南語常用詞辭典使用字詞	中文用詞	本書舉例
85	熏		薰	菸	汝亇熏化去也
86	金熠熠		金鑠鑠	亮晶晶	金熠熠亇細項物仔
87	歹聲歹哨		歹聲嗽	疾言屬色	生理人歹聲歹哨反問小王子
88	磤*石		璇石	鑽石	汝若捾著一粒磤石
89	頷頤		頷頸	脖子	我會使咧佮伊圍佇頷頤
90	柱*	是	竚	豎立	乾那會使咧柱一支路燈
91	擋燴*牐*	是(牐)	袂堪得	受不了	我食亇頭路實在是恆人擋燴牐

編號	本書使用字詞	楊青矗之造字	教育部臺灣閩南語常用詞辭典使用字詞	中文用詞	本書舉例
92	歇困		歇睏	休息	日時有賰个時間我著會使咧歇困
93	躐*		陜	擠、擁擠	伯會使咧將所有个人類躐徛一個太平洋上細个小島頂頭
94	瘠		瘦	瘦	瘠伊像一支指頭仔
95	骹		跤	腳	汝連骹都無
96	骹頜		跤目	腳踝	蛇將小王子个骹頜圍起來
97	幼俴		幼茈	稚嫩	偌爾幼俴
98	掩掩披披		掩掩拚拚	遮遮掩掩	汝為啥麼講話攏安爾掩掩披披

編號	本書使用字詞	楊青矗之造字	教育部臺灣閩南語常用詞辭典使用字詞	中文用詞	本書舉例
99	骹頭窩		跤頭趺	膝蓋	三座懸度到伊骹頭窩个火山
100	查伩*	是(伩)	查埔	男性、男人、男生	十萬個查伩囝仔
101	麭* (非楊本用字)		麭	麵包	我無食麭
102	無共		無仝	不一樣	儀式會當恆一個日子佮其他个日子無共
103	查姆*	是(姆)	查某	女性、女人、女生	莊頭个查姆囝仔
104	上勤		上讚	最棒	禮拜四是上勤个一工
105	䖀毛仔蟲		刺毛蟲	毛毛蟲	我有佮掠䖀毛仔蟲
106	迌*	是	逐	追	個咧迌頭前个旅客

編號	本書使用字詞	楊青矗之造字	教育部臺灣閩南語常用詞辭典使用字詞	中文用詞	本書舉例
107	布翁仔		布尪仔	布娃娃	一個舊布翁仔
108	洞孔		動空	孔洞	一般撒哈拉个井只是真簡單伊沙挖一個洞孔
109	耳孔		耳空	耳朵	我个耳孔內猶原聽著滑輪个聲音
110	帘*	是	婁	鑽入	沓沓仔帘入石頭縫
111	狷*		痟	瘋，瘋癲，發狂	個一定會叫是汝起狷

國家圖書館出版品預行編目資料

小王子(臺法對照版)／Antoine de Saint-Exupéry --
初版.--臺中市：白象文化事業有限公司，2022.5
　　面；　公分
臺法對照
譯自：Le Petit Prince
ISBN 978-626-7018-53-8（平裝）

876.596　　　　　　　　　　110013018

小王子(臺法對照版)

原文作者　Antoine de Saint-Exupéry
譯　　者　劉麗玲
校　　對　車菲力、劉麗玲
發 行 人　張輝潭
出版發行　白象文化事業有限公司
　　　　　412台中市大里區科技路1號8樓之2（台中軟體園區）
　　　　　出版專線：（04）2496-5995　　傳眞：（04）2496-9901
　　　　　401台中市東區和平街228巷44號（經銷部）
　　　　　購書專線：（04）2220-8589　　傳眞：（04）2220-8505
專案主編　林榮威
出版編印　林榮威、陳逸儒、黃麗穎、水邊、陳婷婷、李婕
設計創意　張禮南、何佳誼
經銷推廣　李莉吟、莊博亞、劉育姍、李如玉
經紀企劃　張輝潭、徐錦淳、廖書湘、黃姿虹
營運管理　林金郎、曾千熏
印　　刷　基盛印刷工場
初版一刷　2022年5月
定　　價　450元

白象文化　印書小舖 PressStore出版經紀　出版・經銷・宣傳・設計
www.ElephantWhite.com.tw　f 自費出版的領導者　購書 白象文化生活館 🔍